L'ÉCHANGE DE NOËLLE

La collection Rose bonbon...
des livres pleins de couleur,
juste pour toi!

L'ÉCHANGE DE NOËLLE

Lara Bergen

Texte français de Louise Binette

Éditions SCHOLASTIC

À TOUS LES PÈRES NOËL SECRETS
DU MONDE ENTIER

Catalogage avant publication de Bibliothèque et Archives Canada

Bergen, Lara Rice

L'échange de Noëlle / Lara Bergen; texte français de Louise Binette.

(Rose bonbon)
Traduction de : Confessions of a bitter secret Santa.
Pour les 9-12 ans.
ISBN 978-0-545-98842-1

I. Binette, Louise II. Titre. III. Collection : Rose bonbon (Toronto, Ont.)

PZ23.B472Ec 2009   j813'.54   C2009-902289-3

Édition publiée par les Éditions Scholastic, 604, rue King Ouest, Toronto (Ontario) M5V 1E1.

5 4 3 2 1   Imprimé au Canada   09 10 11 12 13

Sources Mixtes
Groupe de produits issu de forêts bien
gérées et d'autres sources contrôlées.
www.fsc.org Cert no. SW-COC-002358
© 1996 Forest Stewardship Council
FSC

❄ CHAPITRE 1 ❄

Tout d'abord, permettez-moi de mettre les choses au clair : comme tout le monde, j'adore Noël et le temps des fêtes. Après tout, avec un prénom comme Noëlle, comment pourrais-je ne pas aimer cette fête?

Il arrive même qu'on me demande si je suis *née* à Noël. Eh bien, non; je suis née le 15 août, le même jour que mon arrière-grand-père, Noël... Apparemment, mes parents étaient tellement certains que je serais un garçon qu'ils avaient promis de me donner son prénom, quoi qu'il arrive. Le cas classique, n'est-ce pas? Enfin... Au moins, ils ont été assez gentils pour orthographier *mon* prénom au féminin.

Mais revenons à Noël... Le problème, c'est que peu importe à quel point le temps des fêtes est magique, je suis convaincue que même la mère Noël aurait du mal à faire preuve d'enthousiasme cette année. Que feriez-vous si toutes vos amies sans exception partaient pour une destination merveilleuse durant les vacances de Noël, se sentant absolument obligées d'en parler *constamment*, alors que vous devez rester cloîtrée chez vous avec vos parents, votre petite sœur et, comme si ce n'était pas déjà assez, un bébé à naître?

Comprenez-moi bien : comme tout le monde, j'adore les bébés. Seulement, je préfère qu'ils appartiennent à quelqu'un d'autre qu'à ma propre mère. Non mais, elle a presque quarante-*cinq* ans. Oui, je *sais*. Je sais. Si elle voulait trois enfants, pourquoi ne pas les avoir tous eus un à la suite de l'autre, comme toutes les autres mères? Vous vous demandez peut-être : Mais *qu'est-ce qu'elle a pensé?* Sérieusement. Allez donc savoir!

Pourtant, ce n'est que la pointe de l'iceberg, comme on dit. L'histoire ne fait que commencer. Les choses vont de mal en pis.

Tout a commencé durant le cours de français, le vendredi avant la dernière semaine qui précède les vacances de Noël.

Je suis assise à mon pupitre, m'occupant tranquillement de mes affaires et m'efforçant de répondre à la liste de questions écrites au tableau. J'essaie de *ne pas* prêter attention aux conversations autour de moi.

N'empêche que ce n'est pas facile.

Isabelle, par exemple, parle du plaisir qu'elle aura à skier dans les Rocheuses :

— C'est tellement *plus* agréable de skier dans l'Ouest que dans l'Est. C'est prouvé. Je le *sais*.

Colin rejette aussitôt sa théorie.

— Ça se voit que tu n'as jamais skié à Charlevoix, dit-il d'un ton méprisant. Nous, on y va *chaque* hiver et c'est *merveilleux*. D'ailleurs, pourquoi perdre ton temps à skier? La planche à neige, c'est *bien* plus amusant!

— Ouais, approuve Marc-Olivier. Le ski, c'est pour les ratés.

— La planche, c'est ce qu'il y a de mieux!

— C'est *vraiment* plus amusant, renchérit Anaïs.

— N'importe quoi! dit Isabelle d'un ton dédaigneux.

Pendant ce temps, Thalie et Rubis décrivent avec un nombre insupportable de détails la maison que leurs familles partageront (c'est tellement injuste!) quelque part sur une île privée des Keys, en Floride.

— Elle donne directement sur la plage, explique Thalie. Mais il y a également une piscine.

— Et un spa! ajoute Rubis. Ne l'oublie pas!

— Hé! Moi, je serai sur la plage de Cancun! déclare Olivia. On pourra se saluer de la main de part et d'autre du golfe du Mexique!

— Chouette!

— Super!

Non mais, c'est bientôt fini? dis-je intérieurement.

— Ah, vous en avez de la chance! soupire Mélanie. J'aimerais bien pouvoir m'assoir tranquillement sur une plage et me contenter de saluer les gens de la main.

C'est plus fort que moi : je me tourne vers elle, soudain pleine d'espoir. Est-ce que Mélanie reste à la maison, elle aussi? Y aura-t-il *quelqu'un* pour me tenir compagnie pendant les vacances, après tout?

— Sérieusement, poursuit-elle, après toutes les randonnées et les activités que mes parents ont prévues pendant notre séjour au Costa Rica, je crois que j'aurai besoin d'une autre semaine de vacances à mon retour!

Je pense bien avoir poussé un grognement.

Je suis presque certaine que la seule personne – à part moi, bien sûr – qui ne parle pas encore et *encore* de ses vacances de Noël, c'est ma meilleure amie, Claire. Ce qui ne l'empêche pas de partir pour une destination de rêve. (Hawaï, rien de moins!) Seulement, elle sait à quel point la question des vacances me déprime. (Elle n'est pas ma meilleure amie pour rien.) Il faut dire que je lui ai clairement fait comprendre au cours de la semaine que, si je devais entendre parler de banquets, de pesos et de tours d'hélicoptère au-dessus des volcans en plus, je ne serais plus responsable de mes actes...

Vous vous demandez peut-être comment diable toutes ces conversations insignifiantes peuvent-elles se dérouler pendant le cours de français.

La réponse se résume en un mot : suppléante. Et pas n'importe laquelle. Mademoiselle « appelez-moi Sonia » Léger qui, tout occupée qu'elle est à écouter son iPod et à envoyer des messages textes, ne s'apercevrait probablement de rien si les élèves se levaient et jouaient une comédie musicale digne de Broadway.

Non pas que je me plaigne : c'est la suppléante idéale, si vous voulez mon avis. Mais aujourd'hui particulièrement, j'aurais apprécié un minimum d'*intervention*. Un simple « cesse de bavarder et fais ton travail », est-ce que c'est trop demander? Il semble que oui. Après avoir lancé « Salut, tout le monde! Ça va? On dirait bien que votre enseignante avait mieux à faire que de venir à l'école aujourd'hui, ha, ha! », la suppléante (qui, en passant, a l'air encore plus jeune que Laura, la sœur de Claire, qui est en secondaire V, et peut-être même que Claire elle-même, à qui tout le monde donne tout juste 15 ans) écrit rapidement au tableau les questions que Mme Baillargeon a préparées, s'assoit, monte le volume de son iPod, prend son cellulaire et me laisse là à endurer 50 minutes de pure torture.

Enfin, disons 40.

Car à la surprise générale, à 9 h 10 précises, Sonia se lève brusquement, enlève ses écouteurs et fait une annonce :

— Oh, zut! J'allais oublier! Mme Baillargeon vous a laissé autre chose à faire.

Aussitôt, le papotage de vacances fait place à des grondements inquiets.

La suppléante s'empare d'une feuille.

— Pas de souci. Ça semble amusant... voyons... bon. Elle veut que vous fassiez un échange de cadeaux la semaine prochaine « pour remplacer, écrit-elle, l'examen de fin d'étape! »

Sa bouche s'ouvre en un large sourire qui dévoile un bijou argenté au milieu de sa langue.

— Génial! dit-elle.

Un échange de cadeaux! Génial, c'est le mot. Claire se retourne, excitée, et je lui tape dans la main. Excellente idée, Mme Baillargeon!

Autour de nous, des murmures parcourent la classe.

— Vraiment?

— Ça alors!

Tout le monde se demande ce qui a bien pu traverser l'esprit de notre enseignante. En effet, qui aurait cru qu'un enseignant – même aussi formidable que Mme Baillargeon – oserait proposer une activité aussi extraordinaire?

— Tout ce que je sais, dit Sonia avec un haussement d'épaules, c'est qu'elle veut que tous les élèves de la classe écrivent leur nom, leur numéro de casier et leur combinaison de cadenas sur un bout de papier, et qu'ils me le remettent. Ensuite, je distribuerai un nom à chacun de vous, et c'est à cette personne que vous offrirez un cadeau.

Elle croise les bras, satisfaite... et jette un coup d'œil rapide à son cellulaire.

Nous nous regardons tous d'un air interrogateur, jusqu'à ce qu'Isabelle se décide à demander :

— Et ensuite?

— Ah, oui.

La suppléante reporte son attention sur nous.

— Bonne question.

Elle fronce les sourcils, ce qui met en évidence l'anneau qui orne son sourcil gauche.

— Voyons…

Elle étudie la feuille.

— Bon… voilà. Il semble que vous soyez censés passer la fin de semaine et la semaine prochaine à songer à la personne dont vous avez pigé le nom, et à ce que vous pourriez lui offrir de *significatif* et de *spécial*. Elle ajoute qu'il faut prévoir laisser un petit quelque chose dans le casier de cette personne tous les jours, la semaine prochaine, du lundi au vendredi. Et ne vous gênez pas pour décorer le casier en question si vous en avez env…

— Oh, oh! Mademoiselle… euh… Sonia?

À l'arrière de la classe, Mélanie agite le bras comme s'il s'agissait d'un essuie-glace.

— Oui? demande Sonia.

— Qu'est-ce qui arrive si on n'est pas là vendredi prochain? demande Mélanie. Si, par exemple, on s'en va au Costa Rica ce jour-là? Est-ce que notre père Noël secret doit laisser le cadeau du vendredi dans notre casier le jeudi?

Tandis que je roule les yeux, la suppléante prend un air songeur comme si elle réfléchissait vraiment à la question.

— C'est une bonne question, dit-elle enfin. Je suppose que tu devras la poser à Mme Baillargeon lundi. Le Costa Rica, hein? Super!

7

Les bavardages excités semblent vouloir reprendre aussitôt, mais Sonia lève rapidement les mains pour les étouffer.

— Attendez une minute. Il y a encore quelques règles dont je dois vous faire part. Écoutez bien! Un : En aucun cas, vous ne dévoilerez les combinaisons des cadenas. Deux : Il est interdit d'échanger des noms. Trois : Il est interdit de *dévoiler* les noms. Quatre : Tous les élèves de la classe doivent participer. Et cinq : Vous ne devrez pas dépenser plus de dix dollars au total. N'oubliez pas, lit-elle, que le but de cet échange est d'apprendre à mieux connaître vos camarades de classe et de leur montrer que vous les appréciez, et non de les impressionner ou d'impressionner qui que ce soit. Oh et, amusez-vous bien!

La suppléante hoche la tête.

— C'est vraiment... bien.

Bien? me dis-je. Ce n'est pas bien... c'est *parfait!* Après tout, c'est exactement ce que j'ai attendu durant toute l'année : l'occasion d'apprendre à mieux connaître l'un de mes camarades de classe et de lui montrer que je l'apprécie... beaucoup!

Instantanément, mes yeux se posent sur le camarade en question : cheveux bruns, plutôt tranquille, *très* séduisant, assis au pupitre le plus près du dictionnaire, dans la quatrième rangée.

Nicolas Lehoux, plus précisément.

Il est affalé sur sa chaise (avec un certain charme,

comme toujours), arrachant des petits bouts de caoutchouc sur le côté de ses super chaussures de sport.

Je sens ma gorge se serrer et ma bouche devenir sèche (comme *toujours*), et je ferme *rapidement* les yeux. *S'il vous plaît!* dis-je en silence. *S'il vous plaît, s'il vous plaît, s'il vous plaît. Il faut que je pige le nom de Nicolas. Il le faut!*

J'ai l'absolue certitude que, si mon vœu se réalise, je n'aurai plus besoin de souhaiter quoi que ce soit. Plus jamais. Pourquoi le ferais-je? Je me ficherai bien d'obtenir des C à mes examens d'anglais. Je me ficherai bien de ne pas décrocher le rôle principal dans la comédie musicale de l'automne. Je me ficherai bien que mes précieuses vacances de Noël soient gâchées parce que je dois rester à la maison à attendre que ma mère accouche. Je me ficherai même que ma mère *ait* un bébé! Car je sais, hors de tout doute, que si seulement je pigeais le nom de Nicolas, je cesserais enfin de rêver à lui et agirais enfin pour qu'il m'aime aussi!

C'est simple, après tout. Nous sommes amis – et *seulement* amis – depuis qu'il est arrivé ici en quatrième année, et je connais tout ce qu'il aime. Son groupe préféré (facile : Green Day); son équipe préférée (les Alouettes, et à fond); sa couleur préférée (le bleu, mais *pas* le marine); sa crème glacée préférée (pâte de biscuits aux brisures de chocolat… comme moi!). Et j'en passe. S'il aime quelque chose, je le note (littéralement) et le classe (au moins mentalement) avec soin.

On pourrait croire qu'il a remarqué mon petit manège depuis le temps; mais non, il n'en a aucune idée.

Si je disposais de toute une semaine pour le surprendre avec plein de choses qu'il aime vraiment, vraiment beaucoup...alors il n'aurait pas d'autre *choix* que de m'aimer, n'est-ce pas? Il ne pourrait faire autrement que de penser : *Ça alors! Voilà une fille qui me connaît très bien...et qui me comprend vraiment, enfin. Qu'est-ce que ça peut faire qu'elle ait des broches et que ses cheveux frisottés refusent tout simplement de pousser? Qu'est-ce que ça peut faire que sa mère n'ait pas réellement pris de poids – comme elle avait prétendu à l'automne – mais qu'elle soit plutôt enceinte? On est faits pour vivre ensemble. Pour la vie. Un point c'est tout.*

— Allez, tout le monde. Le cours est presque terminé. J'ai besoin de vos noms, de vos numéros de casiers et de vos combinaisons de cadenas, illico! dit Sonia.

En vitesse, je gribouille sur un bout de papier :

Noëlle Morier

Casier 2106

4-24-14

Je plie le papier en deux et me tourne pour regarder Nicolas de nouveau. Cette fois, cependant, il surprend mon regard (comme ça lui arrive parfois). Je m'efforce de ne pas grimacer tout en cherchant désespérément autre chose à fixer... L'horloge? La porte? La coupe de cheveux bizarre de Benoît Boucher? (Imaginez un croisement

10

entre la coupe mohawk et la coupe Longueuil. Bon sang! Où a-t-il bien pu pêcher *ça*?) Pourtant, je *dois* voir à quoi ressemble le papier de Nicolas quand il le remettra à Sonia. Après tout, si je veux *être* son père Noël secret, il faut que je trouve le moyen de piger son nom.

Je porte une main à mon visage et jette un coup d'œil dans l'espace entre mon index et mon majeur (avec la plus grande discrétion, je vous assure). Nicolas a reporté son attention sur son papier et, après avoir écrit les renseignements demandés, il le plie nonchalamment en deux, puis en quatre. Il tend son papier à Benoît devant lui, qui le passe en avant... puis il continue à s'acharner sur la semelle de son soulier.

Je remets mon propre papier à Claire, mais c'est celui de Nicolas que je suis des yeux tandis qu'il passe d'une main à l'autre jusqu'à Sonia, avant de s'ajouter au tas avec tous les autres.

— Merci, dit Sonia en comptant les papiers. Voyons... cinq, dix, quinze... attendez... est-ce que vous n'êtes pas 20? Je n'ai que 19 papiers.

Elle les recompte rapidement.

— Qui a toujours le sien?

Elle promène son regard dans la classe, et tous les élèves en font autant; tous, sauf moi. (Comme je l'ai déjà expliqué, mes yeux sont occupés ailleurs.)

— Est-ce qu'on en a laissé tomber un par terre? demande la suppléante, constatant que personne ne répond. Vous le voyez quelque part?

— Non.

— Moi non plus.

— Euh... non.

— Oh, zut, dit Sonia en soupirant.

Elle pose les papiers sur le bureau et met les mains sur ses hanches.

— Bon, écoutez. Vous avez entendu les règles. Tout le monde doit participer. Qui n'a pas remis son nom? Allez!

Pour la première fois depuis le début du cours, la classe est complètement silencieuse.

Au bout d'un moment, le regard de la suppléante se fixe quelque part derrière moi; bientôt, tous les yeux convergent dans la même direction. De mon côté, je suis déterminée à ne pas quitter des yeux le papier de Nicolas; mais je finis par me dire qu'il n'ira pas bien loin, et je me retourne également après quelques secondes. Je découvre aussitôt quel est le problème : c'est Mia Major, les lèvres pincées et les joues rouges.

Encore une fois, comprenez-moi bien : je suis aussi gentille que n'importe qui. (O.K., peut-être un peu moins parfois... mais parfois beaucoup plus.) Et je ne suis vraiment pas du genre à parler dans le dos de quelqu'un. (Ce n'est *tellement* pas fin!) Mais... je dois dire que personne n'ignore, parmi mes amis, que Mia est probablement la fille la plus coincée de toute l'école. *Pourquoi?* vous demandez-vous. Je vais vous expliquer.

D'abord, elle est arrivée ici en provenance de Toronto au milieu d'octobre, et c'est à peine si elle nous a adressé

la parole depuis. Pas même un simple « Bonjour » ou
« Veux-tu venir te baigner chez moi? » (Bon, peut-être que
c'est à cause du froid. N'empêche...) Et il faut dire qu'on
a une assez bonne idée de ce qu'elle pense exactement :
*Ces jeunes-là sont loin d'être aussi « cool » que ceux de
mon ancienne école.* On sait tous que son père est un
homme d'affaires important ou quelque chose du genre,
et qu'elle habite l'une des plus somptueuses maisons de
la ville; si elle considère que nous ne sommes pas assez
bien pour elle, qu'est-ce qu'on peut y faire?

Mais refuser de participer à l'échange de cadeaux?
C'est carrément impoli!

— Excuse-moi, dit Sonia en marchant lentement vers
Mia. Je ne veux pas t'embarrasser, mais est-ce que c'est
ton papier qu'on attend?

Mia incline la tête, et ses cheveux forment une sorte
de bouclier doré et brillant autour d'elle.

— Oui... Est-ce que je suis obligée de participer?
demande une voix dure et froide sous l'épais voile blond.

— Elle parle! murmure Rubis avec un gloussement.

La suppléante hausse les épaules.

— Oui, tu l'es.

Je ne l'entends pas soupirer, mais je peux voir les
épaules de Mia s'élever et retomber dramatiquement; je
ne peux pas m'empêcher de la trouver ridicule de faire
tout un plat de cette affaire. De toute évidence, elle pense
que l'idée d'échange de Mme Baillargeon lui fera perdre
son précieux temps et, pour être honnête, je voudrais que

la suppléante laisse tomber et lui permette de ne pas participer. J'ai déjà pitié de celui ou de celle que Mia pigera, et encore plus de la pauvre personne qui la pigera, elle. *Imaginez! Quelle tâche ingrate de devoir apprendre à la connaître!* me dis-je.

De plus, il est déjà 9 h 20, et la sonnerie est sur le point de retentir. Si Mia n'écrit pas son nom bientôt, on sera tous en retard au deuxième cours...

Tout ce que je veux, c'est piger le nom de Nicolas Lehoux et m'en aller!

Naturellement, je me tourne vers Claire, qui a l'air aussi perplexe que moi. Nous levons les yeux au ciel toutes les deux, comme pour dire « qu'est-ce qui lui prend? », puis nous secouons la tête avec soulagement lorsqu'elle écrit enfin son nom, son numéro de casier et sa combinaison de cadenas.

— Merci, dit la suppléante presque au moment où la sonnerie se fait entendre.

Elle sursaute légèrement et attend que la sonnerie s'arrête, puis elle ajoute le papier de Mia aux autres et se précipite vers la porte.

— Excellent! dit-elle, manifestement soulagée que la crise soit terminée, et probablement impatiente d'envoyer un message texte à une amie quelconque pour lui raconter toute l'histoire. Pourquoi ne pas vous mettre en file et piger un nom en sortant? Et prenez une seconde pour vous assurer que vous n'avez pas pigé votre nom! Ha, ha!

Elle rejette la tête en arrière et laisse échapper un rire en s'adossant à la porte.

— Ce serait trop drôle, n'est-ce pas?

C'est parfait! me dis-je en me levant et en prenant mes livres. Tout ce que j'ai à faire, c'est me placer au bon endroit dans la file. Tandis que la classe forme ce qui ressemble *vaguement* à une file, j'essaie de calculer où exactement se trouve le nom de Nicolas parmi les autres.

Pas de problème. Même si j'ai quitté le papier des yeux durant une minute, je peux toujours le reconnaître grâce à ses coins bizarres et dépareillés. Il est au milieu, j'en suis absolument sûre.

— Hé, il est interdit de passer devant les autres! dit Colin tandis que je cherche à me faufiler.

— Du calme, Colin, dit Claire.

Elle est encore plus près de Sonia que lui et, en amie loyale, elle tend un bras vers moi pour que je m'approche.

— Il faut qu'on aille à notre cours d'anglais, dit-elle. Laisse-nous passer.

— Oh, ça ira, dis-je en faisant signe à Colin de s'avancer. Après vous, monsieur, dis-je, souriante. Oh et toi aussi, Marc-Olivier. Je vous en prie, allez-y.

Claire me regarde avec cet air qu'elle a quand elle trouve que j'agis bizarrement.

— Qu'est-ce que tu attends? Tu n'es donc pas impatiente de savoir qui tu pigeras?

— Pas tout de suite, dis-je tout bas. Attends.

Après Marc-Olivier, je laisse passer Constance, puis Anaïs… puis – serrement de gorge – Nicolas, de même que Benoît et Isabelle. Je finis par prendre la main de Claire.

— O.K.! Allons-y!

Tirant Claire derrière moi, je m'avance devant Sonia, baisse les yeux et reste figée. Un instant, je jurerais que c'est le papier de Nicolas, juste là. Mais celui qui se trouve en dessous est identique!

— Vas-y, dit Sonia. Ce ne sont que des papiers. Ils ne te mordront pas.

Je sais bien qu'ils ne me mordront pas, me dis-je. Mais lequel est-ce que je *veux?* C'est tout mon avenir qui dépend du nom que je vais piger, après tout. Ce n'est pas le moment de tout gâcher!

Pendant ce temps, les barbares qui sont toujours derrière moi commencent à s'agiter.

— Allez, Noëlle.

— Avance, Morier!

— Grouille-toi!

Disons les choses franchement: je suis paralysée. Mais bientôt, le brouillard commence à se dissiper. *Suis ton intuition*, dit toujours ma mère. Et c'est exactement ce que je fais. Je fais pivoter Claire de sorte qu'elle se retrouve devant moi et la laisse piger *le* mauvais nom… tandis que ma main s'abat sur le tas pour saisir le bon.

Je pousse un soupir en suivant Claire dans le couloir. *Ouf! Il s'en est fallu de peu!* Dans mon empressement, j'ai failli commettre une *terrible* erreur. Mais tout ira parfaitement bien maintenant, j'en suis sûre.

Je serre le papier contre mon cœur pendant un moment. Puis, retenant mon souffle, je le déplie lentement.

❄ ⚜HAPITRE 2 ❄

Ouais. Vous avez deviné. En plein dans le mille. Le papier que j'ai pigé n'est pas du tout celui de Nicolas Lehoux.

J'en pleurerais. (En fait, je crois que je pleure.)

Et, effectivement, dans la plupart des épopées tragiques, ça se serait terminé comme ça. Mais pas dans mon cas. Oh non! Mon histoire devient encore plus dramatique!

Car lorsque je déplie le misérable papier, *voici* ce que je lis :

Mia Major

1142

19-33-8

— Quoi? demande Claire. Qu'est-ce qu'il y a?

Je suppose que j'ai dû gémir.

— Oh! Tu n'as qu'à regarder, dis-je en lui tendant le bout de papier d'un air dégoûté.

— Et alors? dit Claire après l'avoir lu. Quel est le problème?

— Le problème, c'est que j'étais *censée* piger le nom de Nicolas. Et voilà que je me retrouve avec *Mia Major.*

— *Chut!* fait Claire en regardant rapidement derrière elle.

Je me retourne et aperçois Mia qui franchit la porte de la classe en se pavanant, le nez en l'air comme d'habitude.

Je me mordille la lèvre, mais elle poursuit son chemin et je suis *presque* sûre qu'elle ne m'a pas entendue.

Je soupire et secoue la tête.

— Ma vie est complètement gâchée.

Je pose les yeux sur le papier de *Claire.*

— Mais peut-être pas!

Claire le regarde aussi.

— Non, non, dit-elle en secouant ses longs cheveux bruns. On ne peut pas faire d'échange. C'est contre le règlement.

— Comment ça, on ne peut pas? On est amies.

— Je sais. Mais… on n'a pas le droit. On n'est même pas censés se dire qui on a pigé.

Je la dévisage.

— Oh, allez!

Après tout, on parle d'une fille qui est toujours debout dans l'autobus et qui a la réputation d'avoir « emprunté » le maquillage de sa sœur plus d'une fois. Depuis quand se préoccupe-t-elle autant des *règlements*?

— De plus, ajoute-t-elle après avoir jeté un coup d'œil autour d'elle, je ne veux pas de Mia Major non plus.

Je hoche la tête.

— Je sais, je sais. Mais je te revaudrai ça, je te le promets. De toute façon, ce n'est que justice rendue, dis-je. Car si je ne t'avais pas laissée passer, c'est *moi* qui aurais eu ton papier.

Elle sourit.

— Oh, je vois…

— Tu *sais* à quel point il me plaît. Il *faut* qu'on échange nos papiers. *Je t'en prie!*

Je lui demande, question de me rassurer :

— Tu as bien pigé, euh… Nicolas, n'est-ce pas?

Son grand sourire dit tout.

— D'accord, dit-elle, on échange. Mais tu me le revaudra au centuple!

Je suis tellement heureuse que j'en pleurerais (mais je me retiens, cette fois). Cependant, mon bonheur est de courte durée. Car avant que nous ayons pu compléter l'échange, Rubis et Thalie s'amènent.

— Qu'est-ce que vous faites? demande Rubis.

— Vous n'êtes pas en train d'échanger vos noms, n'est-ce pas? dit Thalie.

Ces deux-là ont tendance à toujours fourrer leur nez partout.

Je me tourne vers elles.

— Ça ne vous regarde pas.

— Je dirais plutôt que si, riposte Rubis, puisqu'on est

20

dans la même classe et tout.

— Et ça regarde certainement *Mme Baillargeon*, ajoute Thalie, les bras croisés.

— Oh, allez, dit Claire. Qu'est-ce que ça peut bien vous faire?

Rubis croise les bras exactement comme Thalie; d'ailleurs, elles ont les mêmes bottes à la dernière mode, le même sac à main argenté et la même super longue écharpe qu'elles ont pris l'habitude de porter avec leurs hauts pailletés *presque* identiques.

— Eh bien, dit Rubis, c'est l'une des principales règles de Mme Baillargeon.

— Tout à fait, renchérit Thalie.

— Et ce n'est pas juste que vous échangiez vos noms alors que personne d'autre ne le fait, continue Rubis.

Thalie approuve d'un signe de tête.

— Pas juste du tout.

— Très bien.

Claire hausse les épaules, se tourne vers moi et dit avec assurance :

— Comme si elles pouvaient vraiment savoir que c'est moi qui ai pigé le nom de Nicolas, et pas toi.

Je sais que j'ai grimacé dès qu'elle a prononcé ces paroles, mais je ne saurais dire si Thalie et Rubis ont ri ou si elles ont pris un air suffisant.

— Oh, je ne peux pas y croire! s'écrie Rubis d'une voix aiguë.

Thalie reste bouche bée et laisse échapper :

— Noëlle aime Nicolas!

— Ce n'est pas vrai!

— Oh, je n'en reviens pas!

Je me dis : *Mais vas-tu te faire entendre à la fin, espèce de sonnerie, et bravo, Claire, merci beaucoup.*

— Au fait, dit Rubis lorsqu'elle se ressaisit enfin, le but de cette activité n'est pas de former des couples.

— Mais vraiment pas! renchérit vous savez qui!

— Faites ce que vous voulez. Cependant, on a un code d'honneur, et il *faudra* que j'avise Mme Baillargeon si vous *échangez* vos noms…

— Mais, bon, faites ce que vous voulez, poursuit Thalie

Elles rajustent leurs écharpes et, avec un coup de tête parfaitement synchronisé, elles virevoltent et nous laissent plantées devant la classe, au moment même où la deuxième sonnerie retentit au-dessus de ma tête. Je fulmine.

Claire passe un bras autour de mes épaules voûtées.

— Désolée, dit-elle d'un air sombre. Je crois que tu ne me dois plus rien, après tout.

Si ça ne vous ennuie pas, je préférerais ne pas vous raconter en détail le reste de ma journée. Disons seulement que ce fut assez pénible : j'ai eu un C à mon examen d'anglais (comme d'habitude); j'ai dû refaire mon labo en sciences de la Terre (non pas une fois, mais bien trois fois) et j'ai taché mon chandail avec de la sauce à spaghetti au dîner (plus jamais je ne porterai de blanc à l'école). Mais ce n'est pas tout : en éducation physique, j'ai heurté Isabelle en jouant au basket (n'empêche que c'est elle qui a dû aller voir l'infirmière); et j'ai dû m'asseoir à côté de Nicolas en civilisation du monde (*là* n'est pas le problème) tandis que Thalie et Rubis jacassaient et gloussaient deux rangées derrière nous (*voilà* le problème). Je ne sais pas ce que Nicolas pouvait bien penser (je n'ai même pas pu le regarder une seule fois durant le cours), mais quand il est sorti, il avait le visage rouge et l'air plutôt sérieux, et je suis presque sûre qu'il ne peut pas me sentir.

De mon côté, je l'aime toujours autant, même si je le regrette presque. La vie est tellement plus simple quand on n'a pas le béguin pour un garçon! Mais parfois, on n'y peut rien, surtout lorsqu'un gars a des yeux si bleus qu'on a l'impression de les avoir coloriés soi-même, et que ses cheveux bruns soyeux tombent devant ses yeux presque chaque fois qu'il fait un mouvement...

Mais Nicolas n'est pas seulement beau. Il est vraiment gentil avec tout le monde, et drôle aussi (sans toujours *exagérer* comme le font les autres garçons). Il est intelligent, et facile d'approche... du moins, il l'était jusqu'à ce qu'on fasse la tournée ensemble à l'Halloween. Pourtant, j'avais l'impression qu'on s'était bien amusés. Mais depuis ce soir-là, il me semble qu'il me parle rarement. Peut-être que j'aurais dû me déguiser en meneuse de claques des Alouettes au lieu de laisser Claire me convaincre d'incarner une brosse à dents (elle était le tube de dentifrice)... Je ne sais pas.

Au début, j'essayais d'engager la conversation : As-tu fait ce devoir de maths? Vas-tu au match de football? Mais, récemment, j'ai laissé tomber. C'est trop difficile. Il ne dit jamais grand-chose. Et c'est pourquoi je me suis dit que ce serait parfait que je pige son nom! Je pourrais lui montrer à quel point il me plaît sans même parler! Et, avec un peu de chance, il s'apercevrait que je suis vraiment formidable et déciderait qu'il m'aime aussi... La vie serait merveilleuse. Nous vivrions heureux jusqu'à la fin des temps. (Quoique, je garderais mon nom de jeune fille; comme l'a dit Claire, « Noëlle Lehoux », ce serait vraiment trop.)

À cause de Thalie et Rubis, toutefois, ce merveilleux plan est tombé à l'eau. Claire et moi avons conclu que le jeu n'en valait pas la chandelle. Nous savons que Rubis et Thalie ne font pas de menaces en l'air. Elles iront sûrement tout raconter. Et Mme Baillargeon sera déçue. Et nous l'aimons trop pour faire une chose pareille. Il faudra donc que je trouve un autre moyen d'atteindre Nicolas... et, en attendant, je devrai continuer à souffrir.

Bref, je suis plutôt contente que la journée soit terminée et que le moment soit enfin venu de monter dans l'autobus et de rentrer chez moi. Seulement, je ne monte pas dans l'autobus, car, pour rendre ma journée encore plus misérable, nulle autre que ma mère m'attend à l'extérieur de l'école. Et pas dans la voiture. Non, juste là, dehors, afin que le monde entier puisse voir à quel point elle est énorme.

— Bonjour, ma chérie.

— *Maman*, dis-je dans un grognement, qu'est-ce que tu fais ici?

— Eh bien, je rentrais à la maison après mon rendez-vous chez le médecin, et je me suis dit que ce serait gentil si je venais vous chercher, Eugénie et toi. Si tu es d'accord, bien sûr.

Non! me dis-je. *Je ne suis pas d'accord du tout.* Ma journée se déroule déjà assez mal comme ça. La dernière chose dont j'ai besoin, c'est de voir tout le monde bouche bée, fixant ma monstrueuse mère, tellement grosse que même le vieux pardessus de mon père ne la couvre pas complètement.

Et, si vous voulez mon avis, son sarcasme est tout à fait injustifié.

— Oh, très bien, dis-je en marmonnant. Allons-y.

Avant que tu attires trop l'attention, dis-je intérieurement.

— Bonjour, madame Morier! Comment allez-vous?

Nous nous retournons et apercevons Claire, tout sourire, qui enfile ses gants.

— Assez bien, tout compte fait. Merci, répond ma mère. Encore quelques semaines seulement.

— Est-ce que le bébé bouge beaucoup? lui demande Claire.

Ma mère secoue la tête.

— En ce moment, pas beaucoup, mais tu peux toucher

pour voir si tu sens quelque chose.

Elle sourit et écarte les pans de son manteau pour que Claire puisse poser sa main sur son ventre. Claire adore sentir le bébé bouger, et elle ne rate jamais une occasion de le faire. Quant à moi, j'en suis revenue depuis longtemps. Disons que c'était chouette au début, mais maintenant, honnêtement, ça m'effraie un peu de penser que quelque chose est prisonnier là-dedans, bien vivant, donnant des coups de pied et des coups de poing et faisant la culbute. Qu'est-ce que ce sera quand il sortira? Il ne peut donc pas rester tranquille?

— Oh, là! Je crois que je le sens! s'exclame Claire. Noëlle, tu veux essayer?

— Non, merci, dis-je en reculant vers le stationnement. Viens, maman. Il faut qu'on parte, non?

— En effet, dit-elle.

Elle tend les bras et enlace Claire du mieux qu'elle le peut.

— Je t'offrirais bien de te raccompagner, dit-elle, mais on doit aller chercher Eugénie et passer à l'épicerie.

— Pas de problème, répond Claire. À demain, me dit-elle. On ira magasiner pour notre échange de cadeaux, d'accord?

— Oui, dis-je en acquiesçant. Bonne idée. Je t'appellerai demain matin.

Je me dirige rapidement vers la voiture, laissant ma mère me rejoindre en se dandinant.

— Un échange de cadeaux? dit-elle en ouvrant la

portière et en se glissant tant bien que mal derrière le volant. Ça me semble amusant!

— Ce n'est pas amusant.

Je fais une pause, le temps de l'aider à attacher sa ceinture de sécurité.

— C'est un travail scolaire qu'on doit faire avec les autres élèves de la classe. Et même si cela aurait pu être amusant, ça ne le sera pas.

— Pourquoi pas? demande ma mère.

— *Maman*, dis-je en marmonnant, je n'ai pas envie d'en parler.

— Je vois...

Nous passons devant le pavillon du deuxième cycle et regagnons notre quartier, là où mon ancienne école – maintenant celle d'Eugénie – est située. Ma mère se gare au bord du trottoir juste au moment où les élèves de première année sortent.

— *Hum*...

Elle coupe le moteur et soupire.

— Noëlle, ma chérie, peux-tu aller la chercher? Je n'ai vraiment pas le courage de me battre avec ce volant une fois de plus.

À voir la moue de ma mère, j'en déduis qu'il est fort possible que j'aie fait une grimace du genre : « Est-ce que je dois *vraiment* y aller? »

— Est-ce que je dois vraiment y aller?

Elle me regarde puis je ronchonne :

— Bon, d'accord.

Je quitte la chaleur de la voiture et remonte rapidement le trottoir qui mène à la cour d'école. C'est une journée venteuse et plutôt nuageuse, en plus d'être la première journée vraiment *froide* de l'hiver. J'ai bien peur que le moment soit venu de ranger ma veste et d'entreprendre une expédition dans la penderie pour retrouver mon gros parka.

Heureusement, mes pieds se portent bien.

Car voyez-vous, j'ai décidé d'adopter le style « surfeuse » cette année, ce qui, dans mon cas, signifie porter des shorts Roxy jusqu'à l'Action de grâce et des Vans – sans chaussettes – à longueur d'année. (Et quoiqu'en dise Claire, non, ça n'a absolument rien à voir avec le fait que Nicolas ait déclaré que le surf l'intéressait. C'est une pure coïncidence, je le jure.) N'importe quel autre hiver, je sais que ma mère aurait été convaincue que j'attraperais une pneumonie; mais le seul bon côté de cette grossesse, c'est que ma mère a l'esprit occupé avec un million d'autres choses.

Lorsque j'aperçois Eugénie, elle est entourée d'amies qui la regardent d'un air admiratif. Je vois bien qu'elle est en train de les régaler, comme d'habitude, d'une de ses histoires abracadabrantes – ponctuée de nombreux gestes théâtraux – qui provoquent plusieurs éclats de rire et des exclamations aiguës : « Oh, Eugénie! Vraiment, c'est incroyable! »

Il faudrait peut-être que vous sachiez que ma petite sœur est beaucoup plus « cool » que moi. Je ne plaisante pas. Elle a six ans, presque seize, comme se plaît toujours à dire mon père, déjà en voie de devenir une adulte accomplie, sans avoir croisé sur son chemin ces étranges bosses antivitesse qui marquent l'adolescence. Elle a même l'air d'une adulte miniature, ayant hérité des longs cheveux épais et ondulés de ma mère, de ses cils foncés, et de sa façon de se tenir, une main sur la hanche, comme les mannequins. (Remarquez, il y a quelques mois que ma mère n'a pas pris cette pose.)

Et écoutez ça : Eugénie est en première année, et elle reçoit plus d'appels que moi! En fait, je suis contente qu'on ait sept ans de différence. Ça veut dire que je n'aurai jamais à rivaliser avec elle à la même école. Elle m'éclipserait complètement!

Bref, je m'approche et constate tout de suite que non seulement Eugénie est habillée de noir, sa nouvelle couleur préférée, mais que, sous leurs manteaux d'hiver bouffants roses ou violets, presque toutes les filles de sa classe le sont aussi. (Je dois dire que c'est arrivé auparavant, en septembre, avec le brun.) *De vrais lemmings*, me dis-je. C'est *dégoûtant*. (Et pourquoi exactement est-ce que ça ne m'est jamais arrivé?)

— Noëlle! s'écrie-t-elle en m'apercevant. Regardez, tout le monde! C'est ma sœur! Tiens, prends mon sac à dos. Noëlle! Noëlle!

Elle court dans ma direction et se jette sur moi pour me faire un câlin.

Ai-je mentionné qu'elle était adorable?

— Est-ce que je peux inviter des amies à la maison, dis? *S'il te plaît?*

Elle s'écarte et prend une expression sérieuse.

— Camille et Madeleine ont besoin de moi pour leur transformation, ajoute-t-elle en me gratifiant d'un grand sourire. Je pourrais te transformer toi aussi, à bien y penser!

Ai-je dit « adorable »? Je me trompais.

Je secoue la tête.

— Non. Pas question. Maman a des courses à faire.

— Ah! Dommage, dit-elle en faisant la moue.

Elle se tourne vers ses admiratrices.

— Je dois aller faire des courses avec ma *grande* sœur, dit-elle avec un haussement d'épaules compatissant, comme pour dire : « Pauvre de vous! » Mais je discuterai sans faute avec ma mère et vous aurez *toutes* un rendez-vous pour votre transformation.

Elle serre chacune de ses copines dans ses bras en faisant mine de leur donner un baiser, puis elle porte sa main à son oreille.

— N'oubliez pas de m'appeler!

— Euh, est-ce que tu ne dois pas avertir ton enseignante que tu t'en vas? dis-je, pensant bien jouer mon rôle de grande sœur qui sait tout.

Eugénie me considère comme si je venais de lui proposer un changement de couche.

— Noëlle! s'écrie-t-elle. Voyons, on n'est plus à la

maternelle!

Elle se tourne vers ses amies, qui se tordent *toutes* de rire. (Je vous le dis, c'est une journée triste quand une bande de fillettes de première année vous font vous sentir complètement stupide.)

Je fais donc ce que j'ai à faire : je lui prends la main et l'entraîne vers la voiture.

— Comment c'était à l'école aujourd'hui? demande-t-elle en trottinant gaiement à côté de moi.

Bien entendu, je n'ai pas du tout envie d'avouer que ça ne pourrait pas être pire.

— Eh bien, chez nous en *première* année, Milo Dolbec a pété, dit-elle.

Je crois que j'ai ri tout haut.

Ça pourrait être pire.

CHAPITRE 3

Le lendemain, Claire et moi nous rendons au centre commercial pour acheter nos cadeaux d'échange. Et je dois dire qu'à notre arrivée, je me sens beaucoup plus sereine. Qu'est-ce que ça peut bien faire que j'aie pigé Mia et pas Nicolas? Pas de quoi en faire un drame. Ça peut quand même être amusant. Il n'y a pas que la personne que j'ai pigée qui compte. Celle qui m'a pigée aussi!

Je sais que ce n'est pas Claire. (Dommage!) Mais peut-être qu'Olivia ou Isabelle ont pigé mon nom. Ou – ne serait-ce pas formidable? – peut-être même Nicolas! *Oh, oh,* me dis-je. Je regrette de ne pas avoir pensé à enlever tout objet embarrassant de mon casier vendredi! Bof…

Nous entrons dans un magasin à un dollar, prenons deux chariots et roulons, style trottinette, jusqu'à l'allée des articles de Noël.

— *Ah!* Comme c'est joli! dit Claire.

Elle prend un rouleau de papier d'emballage de Noël

à motifs de chatons.

— Tu ne trouves pas?

— C'est mignon, oui. Mais... peut-être un peu trop pour un garçon. De plus, je ne suis pas *certaine* que Nicolas aime les chats, dis-je.

(En fait, je suis certaine qu'il ne les aime pas.)

J'aperçois un autre rouleau à motifs de bonshommes de neige jouant au hockey.

— Voilà qui serait beaucoup mieux. Tu ne crois pas?

— Tout à fait. Super!

Elle met le rouleau dans son chariot et me tend celui à motifs de chatons.

— Utilise-le pour Mia.

C'est *vrai* qu'il est joli...

— D'accord.

Nous prenons ensuite du ruban et des boucles, des guirlandes argentées, des glaçons et des sacs de minuscules clochettes.

Claire contemple notre récolte et demande :

— Crois-tu que la limite de dix dollars inclut les décorations?

Je fixe nos emplettes et soupire.

— C'est une bonne question, dis-je en haussant les épaules.

Si on dépasse le montant, on n'aura qu'à en acheter moins et partager.

Une fois la question résolue, nous nous dirigeons vers l'allée des friandises, où Claire (qui est accro au chocolat) se précipite aussitôt sur les clochettes en chocolat.

— Euh, excuse-moi, dis-je en remettant le sac à sa place. Mais tu n'allais pas *vraiment* offrir ces chocolats au garçon qui *me* plaît, n'est-ce pas?

— Oh... tu as raison, dit Claire en rougissant. Navrée. Si je lui achetais ces bonbons colorés?

Je hoche la tête.

— C'est parfait. Et prends-les aux arachides. Il les adore.

À la piscine, cet été, il en achetait constamment à la machine distributrice. De mon côté, je les préfère nature. Mais ça ne m'a pas empêchée d'en acheter aux arachides durant tout l'été, moi aussi – pour les partager avec lui, bien sûr!

Quant à Mia, qui *sait* ce qu'elle aime? Probablement des truffes, ou des chocolats fins et chers de ce genre-là. Tant pis. À mon tour, je m'empare d'un sac de bonbons colorés aux arachides. Avec un budget de dix dollars, il faudra qu'elle s'en contente.

— Des cannes en sucre? demande Claire.

— Bien entendu.

Nos chariots paraissent déjà pleins. Pourtant, il nous reste encore beaucoup de choses à acheter... et laissez-moi vous dire que Claire a grandement besoin de mon aide. Elle a failli prendre un cahier de notes des Eskimos d'Edmonton, et un jeu de Uno, version Harry Potter, qui était en solde.

— Non, non, non, dis-je. Ça ne fait pas du tout l'affaire.

Premièrement, il déteste les Eskimos.

J'échange le cahier contre un autre orné d'un oiseau.

— Ce sont les Alouettes qu'il aime.

— O.K., dit Claire. Mais j'aurais pu jurer qu'il aimait Harry Potter.

— Il *aimait*, en effet. Son intérêt s'est estompé. Surtout depuis qu'il a terminé le septième tome cet été, également à la piscine.

— Bon, dit Claire. Alors qu'est-ce que je *devrais* choisir, à ton avis?

— C'est facile. Suis-moi.

Je la guide vers le rayon des jouets, où nous dénichons un harmonica bon marché pour remplacer celui qu'il a perdu lors de notre soirée à l'école en septembre. Il est loin d'être aussi beau, je le sais bien. Mais Nicolas est très doué, et je suis certaine qu'il arrivera à en tirer des sons intéressants.

— Et peut-être de la gomme à bulles, dis-je à Claire. Sure, pas trop sucrée.

Soudain, je m'arrête.

— Attends. Qu'est-ce que je suis en train de faire?

— Qu'est-ce que tu veux dire?

— Je ne sais pas pourquoi je t'aide. Même si tu *ne* lui donnes *pas* de clochettes en chocolat, une fois que Nicolas découvrira que c'est *toi* qui lui as offert tout ça, il pourra quand même s'imaginer que *tu* l'aimes.

— Rassure-toi, ce n'est pas le cas, dit Claire en riant.

— *Je* le sais. Mais pas *lui*. Et il pourrait te trouver

tellement merveilleuse que tu commenceras à *lui* plaire...
alors que c'est *moi* qu'il devrait aimer.

— Oh, Noëlle. Tu es folle. Et rappelle-toi, on est *censés*
offrir des choses qui sont significatives et spéciales.

— Peut-être. Mais quand même... peut-être que tu
devrais remettre le cahier des Alouettes et l'harmonica à
leur place... ou... garder le cahier, mais laisser tomber
l'harmonica.

— Tu en es sûre? demande Claire.

— Ouais... je crois.

— O.K., alors que dirais-tu d'un nez rouge et d'une
tuque de père Noël à la place?

— C'est parfait! Claire, je t'adore!

Mais après avoir fait les achats pour Nicolas, il nous
reste encore à choisir des cadeaux pour Mia. Mais
qu'est-ce qu'on offre à quelqu'un qu'on connaît à peine?
Nous flânons dans le magasin pendant un certain temps,
à la recherche d'une inspiration qui ne vient pas.

Comme d'habitude, je m'attarde au rayon du matériel
d'artisanat et, pendant un instant, je songe à acheter une
laine originale avec laquelle je pourrais tricoter un foulard
pour Mia. J'ai appris à tricoter en cinquième année et
j'aime bien cette activité (même si j'ai toujours
l'impression de manquer de temps pour faire tout ce que
j'aimerais).

Puis je me dis que le « fait main » n'est peut-être pas
dans les goûts de Mia Major. Peu importe à quel point je
m'applique, il y a toujours un petit détail dans les

morceaux que je tricote qui trahit leurs humbles origines, et je frémis à la pensée de voir Mia considérer avec dédain quelque chose que je me serais donné beaucoup de mal à faire.

— Non, ça ne vaut pas le coup, approuve Claire. Mais tu peux en faire un pour moi si tu veux!

Je souris. *Idée de cadeau de Noël pour Claire : c'est réglé!*

— Oh! s'exclame-t-elle.

Elle s'est arrêtée devant l'étalage au bout de l'allée consacrée au tricot.

— Regarde toute cette laine pour *bébés*! Oh, touche comme c'est doux!

Elle frotte une pelote contre sa joue et m'en tend une autre. La laine est délicate et duveteuse; on dirait davantage des cheveux soyeux aux teintes pastel que de la laine.

— As-tu tricoté quelque chose pour le bébé? demande-t-elle.

— Non, dis-je simplement.

J'évite de donner des détails sur tout ce que le bébé possède déjà : des montagnes de couvertures, de vêtements et de chiffons de luxe que ma mère appelle des « bavoirs pour le rot », qui n'en finissent plus d'arriver de chez nos tantes et nos voisines; sans parler de toutes ces vieilles choses qui nous ont appartenu, à Eugénie et à moi, et dont ma mère n'est jamais parvenue à se départir. Ce bébé n'a besoin de rien d'autre, surtout pas de quelque chose fait par moi.

— Eh bien, tu devrais! dit Claire.

— Ouais, je suppose. Peut-être bien. Mais pas aujourd'hui. Retournons au rayon des articles de Noël et achetons tous les trucs de filles qu'on y trouvera.

Il y en a des tonnes, bien sûr.

Personnellement, ce sont les boucles d'oreilles que je préfère, surtout celles en forme de rennes et de cannes en sucre.

— Oooh! Je les veux *tellement*! dis-je à Claire en prenant les longues cannes et en les plaçant à côté de mon oreille.

— Je sais! Elles sont tellement jolies!

Mia a-t-elle les oreilles percées? Nous n'arrivons pas à nous en souvenir, mais comme c'est probable, je les lance dans mon chariot.

Pour le brillant à lèvres à la menthe poivrée, pas besoin de se casser la tête. Elle a des *lèvres*, après tout. Même chose pour le serre-tête orné d'une grosse boucle rouge. Vraiment charmant. Un bracelet à clochettes, plutôt amusant. Et un long stylo décoré d'un lutin aux yeux globuleux...

— Salut, les filles!

Claire et moi levons les yeux et apercevons nulles autres que Rubis et Thalie.

— Vous magasinez pour vos échanges, à ce que je vois, dit Rubis.

J'acquiesce d'un signe de tête.

— Vous aussi?

— Oui.

— Tout à fait, ajoute Thalie.

Je regarde le chariot qu'elles partagent (c'est plus fort que moi, il est juste là, sous mes yeux) et examine son contenu festif : du papier d'emballage à motifs de pères Noël, de nombreuses boucles, des paquets de petits pères Noël en chocolat, de longues chaînes de minuscules cannes en sucre, un adorable petit ourson portant un foulard sur lequel est inscrit Joyeux Noël, de magnifiques boucles d'oreilles en forme de feuilles de gui, des clochettes en chocolat, et l'une de ces petites plaques d'immatriculation aimantées portant le nom de LOÏC...

Loïc! Ça alors! C'est le garçon pour qui Rubis a le béguin! me dis-je.

— Laquelle de vous deux a pigé le nom de Loïc? dis-je. C'est *toi*?

Rubis tente de réprimer un sourire, mais sans succès.

— Tu sais bien que je ne peux pas te le dire, répond-elle.

Mais sa réaction me suffit. Je me tourne vers Claire.

— Incroyable, non? dis-je. Elle a fait toute une histoire lorsqu'elle a su que j'espérais piger le nom de Nicolas – qui, en passant, me plaît peut-être, ou peut-être *pas*. Et voilà qu'elle a elle-même pigé le nom de celui *qu'elle* aime!

— Hé! se défend Rubis. C'est différent. C'est le destin.

— Ouais, dis-je en marmonnant. Le destin, mon œil!

— C'est vrai, je t'assure, dit Thalie, en tirant leur chariot derrière elle d'un air presque coupable.

Pendant ce temps, Rubis lève les bras comme pour s'excuser.

— Si j'ai pigé le nom de Loïc – et je ne dis pas que c'est le *cas* –, je suppose que c'est parce c'était écrit dans le ciel!

Elle affiche un grand sourire.

— Jamais, au grand jamais, je ne désobéirais aux règles de Mme Baillargeon, poursuit-elle en me fixant. Et il vaudrait mieux que tu en fasses autant.

— Ne t'inquiète pas, dit Claire, nous n'avons pas désobéi.

— Bien.

Ouais, me dis-je. *Très bien.*

— Hé, Rubis, dit Thalie. Tu ne crois pas qu'on devrait continuer à magasiner?

Elle désigne leur chariot et hausse les sourcils.

— Oh, oui, dit Rubis. O.K.

Elle pivote pour suivre Thalie, et les deux amies nous adressent un petit signe de la main avant de continuer leur chemin.

— Tu sais, dit Claire une fois que nous sommes certaines qu'elles sont à plusieurs allées de nous, elle dit *peut-être* la vérité. Elle a peut-être pigé le nom de Loïc par hasard, hier.

— Oui, j'imagine. Seulement… c'est tellement injuste.

Malgré tout, notre rencontre avec Rubis et Thalie n'a

pas été que négative... Bien sûr, elles avaient des tas de trucs pour Loïc, mais il y avait aussi des trouvailles assez intéressantes destinées à la personne que Thalie a pigée. Et, à en juger par la façon dont Thalie protégeait leur panier, me dis-je, les chances sont assez bonnes qu'il s'agisse de l'une d'entre nous!

— Alors, tu crois qu'on est prêtes? demande Claire en faisant pivoter légèrement son chariot.

Elle regarde les boucles d'oreilles que j'ai toujours à la main.

— Tu n'as pas réellement l'intention de les acheter pour toi, n'est-ce pas?

— Non, dis-je en les replaçant sur le présentoir en souriant. Et puisqu'on ne doit pas dépenser plus de dix dollars, alors oui, je crois qu'on a terminé.

Je réalise que, tout compte fait, ce sera amusant de décorer le casier d'une camarade de classe et de la surprendre, et ce, même si c'est Mia. De plus, ce sera très *excitant* de découvrir qui a pigé mon nom.

Pour la première fois de toute ma vie, je crois que j'ai vraiment hâte d'être au lundi matin.

CHAPITRE 4

Ça n'a pas été facile, mais Claire et moi sommes à l'école le lundi matin à la *seconde* où les portes s'ouvrent. Il fait encore noir à l'extérieur, et mon père est toujours en pyjama; mais ma mère déclare qu'aucun enfant ne devrait être découragé d'arriver à l'école trop tôt plutôt que trop tard (et qu'il est fou s'il croit qu'*elle* va aller nous reconduire).

M. Caron, le concierge, nous laisse entrer avec un « bonjour » surpris en jetant un coup d'œil à sa montre.

— Bonjour. Bon lundi. Nous avons un travail à faire en classe, dis-je.

Nous voulions arriver les premières à l'école pour pouvoir ouvrir les casiers de ceux qu'on a pigés sans être vues.

Nous attendons que M. Caron ouvre la cage d'escalier et nous précipitons au deuxième étage pour nous occuper d'abord du casier de Nicolas.

Il n'y a personne d'autre là-haut, pas même des enseignants, et tout est étrangement calme, un peu comme dans un film d'horreur. Je ne peux m'empêcher de laisser Claire marcher devant moi, puis de courir vers elle et de l'agripper par les épaules.

— *Aaaah!*

Nous crions toutes les deux avant d'éclater de rire.

— Ne refais plus jamais ça! dit Claire pour me mettre en garde.

— Promis, dis-je. Désolée.

— Où est donc l'interrupteur?

Je le trouve et l'actionne; quelques secondes plus tard, le couloir est inondé de sa lumière habituelle, et nous sommes aussitôt replongées dans l'ambiance « au travail, on vous a à l'œil ».

— Voilà qui est mieux, dit Claire.

Elle ouvre son sac à main et fouille à l'intérieur pendant un moment, puis elle en sort le papier froissé de Nicolas.

— Voyons… Casier 2245…

Nous avançons dans le couloir, passant devant les labos de sciences et continuant vers notre classe, dans la direction opposée à celle où se trouvent nos propres casiers.

— Le voilà! dis-je. (Je le savais depuis le début, bien sûr.)

— O.K., répond Claire.

Elle transfère le rouleau de papier dans sa main

gauche et tend l'autre main vers le casier.

Je suis plus rapide qu'elle, toutefois, mais j'interromps mon geste et souris.

— Je peux le faire? dis-je d'un ton suppliant. *S'il te plaît?*

Claire hausse les épaules et répond :

— Ça ne me dérange pas... Mais ne le dis pas à Rubis.

Et elle me fait un clin d'œil.

Je roule les yeux.

— O.K., prête? Six... trente-huit... dix-huit...

— Attends, dis-je, hésitante. Je recommence.

Ma main tremble comme une feuille. Embarrassant, n'est-ce pas? Et comment!

Je finis par réussir à ouvrir la porte; nous nous tenons là, devant le casier de nul autre que Nicolas Lehoux. *C'est un peu,* me dis-je, *comme si je regardais son âme...*

Finalement, pas vraiment... à moins que son âme soit tout à l'envers (ce dont je doute sérieusement)!

Voyons... Il y a de nombreux manuels scolaires, dont *trois* exemplaires du même – je crois que c'est celui d'histoire; assez de feuilles mobiles, toutes froissées et éparpillées, pour remplir une reliure à anneaux; quelques livres de bibliothèque, y compris un roman fantastique dont je n'ai jamais entendu parler, une biographie de David Beckham, et un livre de chansons populaires à jouer à l'harmonica; un sac en papier écrasé que nous soupçonnons de contenir un dîner datant des temps préhistoriques; un tas d'épais chandails molletonnés de couleurs foncées; un ballon de football, une planche à roulettes et six ou sept gants, chacun d'eux cherchant un partenaire... C'est parfait, me dis-je en soupirant : ils sont exactement comme nous!

L'intérieur de la porte *est couvert* d'autocollants, certains collés par Nicolas, mais d'autres, j'en suis sûre, datant des années précédentes. Il y a des autocollants de planche à roulettes, de boutiques de surf, et d'autres des Alouettes, en plus de tous les personnages de *High School Musical*... affublés de moustaches et de barbes dessinées au stylo.

— Peut-être qu'on pourrait faire le ménage? dis-je à Claire.

— C'est une blague? demande-t-elle en me fixant, horrifiée.

Je ris, comme si c'était le cas. (Pourtant, j'étais sérieuse comme un pape.)

Claire examine le tout, soupire et me dit :

— Hum... je regrette de ne pas lui avoir acheté l'harmonica, après tout.

— Je sais, dis-je, c'est dommage. Peut-être pour vendredi...

— Oui... Bon, je ferais mieux de commencer.

Elle sort le papier d'emballage de son sac, ainsi que des ciseaux, et pose le reste par terre.

— Oui, moi aussi.

Certains enseignants ont commencé à arriver et,

jetant un coup d'œil à l'horloge dans le couloir, je sais que les élèves seront bientôt là aussi.

— On se rejoint aux toilettes, dis-je, quand tu en auras fini avec le casier de Nicolas, et moi avec celui de Mia.

Je traverse le couloir, transportant mon sac de cadeaux et mon sac à dos, et redescends au rez-de-chaussée.

Eh bien, me dis-je tout en approchant de la rangée 1100. Je ne suis pas venue dans *ce* couloir depuis l'an dernier. J'imagine que c'est ce qu'on donne à ceux qui commencent l'école avec un mois de retard : un casier à part, avec les élèves de secondaire I, et c'est tout.

Dommage pour elle, me dis-je.

Je repère le casier de Mia sans problème puisqu'il est à deux casiers de celui que j'avais l'an dernier. Ce bon vieux 1140. Je m'arrête et compose mon ancienne combinaison, rien que pour voir si elle fonctionne encore, mais comme rien ne se passe, je poursuis mon chemin. Ils changent probablement les combinaisons chaque année. C'est logique, je suppose.

Je m'immobilise devant le 1142 et dépose mon sac rempli de surprises. Je me dis qu'il vaut mieux commencer par décorer l'extérieur – puisque c'est probablement ce qui sera le plus long –, et je déroule un long morceau de papier d'emballage, le coupant soigneusement pour qu'il soit de la même taille que la porte.

Je suis *loin* d'être la meilleure pour emballer des cadeaux, mais je dois reconnaître que je m'en tire plutôt bien avec le casier de Mia. Les chatons sont bien droits – et à l'endroit, rien de moins. Une fois que j'ai collé un long ruban de haut en bas, et un autre d'un côté à l'autre, ajoutant une boucle à l'endroit où ils se croisent, la porte ressemble à un cadeau géant qu'on serait fou de ne pas vouloir ouvrir.

— Oh, c'est ravissant, Noëlle, dit Mme Lesot, mon enseignante de français de secondaire I, en passant à côté de moi.

— Merci.

— Mais l'échange de cadeaux n'est-il pas réservé aux amis de secondaire II, dans la classe de Mme Baillargeon?

(Ne me demandez pas pourquoi, mais elle a cette étrange manie d'appeler les élèves des « amis ».)

— En effet, dis-je. Mais cette amie est arrivée en octobre.

— Ah, fait-elle en souriant. Eh bien, ravie de t'avoir revue.

— Moi aussi, madame Lesot. À bientôt.

Je la salue de la main tandis qu'elle se dirige vers sa classe, puis je me tourne vers le casier de Mia et, avec plus d'assurance cette fois, je compose la combinaison du cadenas et l'ouvre.

Pour être franche, c'est le casier le plus ennuyeux que j'aie jamais vu.

Surtout pour une fille! Pas de babillard. Pas de papier peint. Pas de miroir. Rien d'autre que deux livres et des photos affichées à l'intérieur de la porte.

47

Je les regarde attentivement. (Après tout, c'est notre devoir, non?) Il y a plusieurs photos individuelles, prises à l'école sans doute, de garçons et de filles que je ne connais pas; tous ont les cheveux bien coiffés et le sourire typique des photos scolaires, toujours trop crispé ou carrément exagéré. Il y en a d'autres encore de ces mêmes jeunes s'amusant tous ensemble. À la plage. Dans une salle de quilles. Dans des gradins, tenant une affiche où l'on peut lire Allez, les Jays!

Je mets quelques secondes avant de reconnaître Mia parmi eux. Je ne suis pas certaine de l'avoir jamais vue sourire et, croyez-moi, ça change complètement son visage. Sérieusement. Elle paraît différente sur les photos. Heureuse. Enjouée. Amicale...

Je me dis que, soit elle faisait semblant de s'amuser *là-bas*, soit elle n'est pas du tout celle que je croyais...

Je n'ai pas beaucoup de temps pour réfléchir à la question, car tout à coup, une bande d'élèves de secondaire I m'encerclent.

— Oh! C'est tellement beau! disent plusieurs.

— Qu'est-ce que tu fais? demande une fille.

— Décore le mien aussi! supplie encore une autre.

Je me retourne et soupire.

— Désolée, dis-je d'un ton aimable. C'est un truc de secondaire II.

Constatant à quel point il est tard, je me dépêche de terminer mon travail. (C'est facile, étant donné que le casier est presque vide.) J'accroche d'abord une canne en sucre à chaque crochet, de même que des clochettes et des tas de glaçons argentés. Je suspends des guirlandes scintillantes partout à l'intérieur du casier et en tapisse la porte. Enfin, je dépose le sac de bonbons colorés sur la tablette tout en haut, à côté des livres de Mia, ainsi qu'une carte de Noël que quelqu'un a envoyée chez nous en oubliant (quelle chance!) de la signer.

Je n'y écris pas grand-chose, seulement :

Surprise!

De ton père Noël secret

Je considère que c'est suffisant. Quant au casier, c'est un véritable chef-d'œuvre, c'est moi qui vous le dis!

Je referme la porte avec fierté, souris à mon cercle d'admiratrices de secondaire I et cours rejoindre Claire aux toilettes.

— Alors, c'est joli? demande Claire alors que nous nous passons ma brosse devant nos miroirs habituels.

— Superbe, bien entendu. (Le casier de Mia. Pas mes cheveux.)

Ceux-ci sont un cas désespéré, comme d'habitude, d'autant plus que je n'ai pas eu le temps de prendre une douche ce matin. Tant pis. J'ai fait ce que j'ai pu pour tenter de les arranger... puis j'ai renoncé et me suis contentée d'une bonne vieille queue de cheval.

— As-tu vu d'autres élèves en train de décorer des casiers? dis-je à Claire. Et as-tu un serre-tête?

— Non, désolée. Et oui, j'en ai vu.

Elle se penche en avant, brosse ses cheveux, puis redresse vivement la tête. Ses cheveux sont magnifiques. Elle refait le même manège.

— Qui? dis-je.

— Isabelle... et Olivia.

— Et Nicolas, par hasard?

Elle me sourit.

— Non. Pas lui.

— Rubis et Thalie?

— Non, pas elles non plus... et pas *Loïc*... Oh, mais j'ai vu Mia.

— C'est vrai? dis-je, intéressée. Devant quel casier?

— Je ne sais pas. Elle est arrivée au moment où je partais. Elle est passée juste à côté de moi, mais elle n'a rien dit.

— Comme d'habitude. Imagine!

Je roule les yeux.

— Ce doit être une vraie *torture* pour elle. Elle doit interagir avec nous. L'horreur!

Claire rit.

— Pauvre elle! Oh et en parlant d'horreur, as-tu commencé ton travail d'histoire?

Je fais une grimace devant le miroir, qui pourrait se traduire par : *Euh! Ne m'en parle même pas!*

Vous voyez, ce ne sont pas tous les enseignants qui ont l'esprit à la fête comme Mme Baillargeon. Le cadeau que nous offre Mme Greenwood, par exemple, est de remplacer notre petit test d'anglais du vendredi par un examen de fin d'étape. De son côté, M. Menendez exige un travail de cinq pages (à simple interligne, rien de moins) portant sur une fête indienne de notre choix. Claire a choisi le Diwali, le festival des lumières; moi, je n'ai pas encore trouvé.

— Non, dis-je, l'air sombre. Pourtant, j'en avais bien l'intention. Sincèrement.

Je n'ai pas pu commencer samedi, car j'ai passé presque toute la journée avec Claire. Mais j'étais vraiment censée travailler dimanche. Malheureusement, la journée ne s'est pas déroulée comme prévu.

Cela aurait pourtant dû être facile : se lever, aller à la messe, acheter un sapin et le décorer, puis profiter du reste de la journée. Simple, non? Pensez-y bien.

L'histoire du sapin n'est pas du tout réjouissante! D'abord, mon père a refusé que ma mère nous aide, « dans son état ». Alors, devinez qui l'a aidé à hisser le monstre sur le toit de la voiture et à l'en descendre! *Me, of course* comme dirait Mme Greenwood! Et même si ça m'embête de l'admettre, je ne suis pas très forte. On a mis une bonne demi-heure rien que pour le transporter de la voiture à la porte d'entrée.

Et que dire des décorations! *Aaah!* (Au fait, c'est un cri perçant et désespéré.)

Habituellement, nous procédons de façon méthodique. Ma mère s'occupe des lumières, tandis qu'Eugénie et moi mettons toutes les décorations. Mon père prépare du maïs soufflé et nous nous amusons beaucoup.

Mais *cette* année, mon père dit à ma mère :

— Pas question que tu montes sur une échelle!

Il décide d'installer lui-même les lumières, sous le regard de ma mère, assise sur le sofa, qui lui prodigue soutien moral et « suggestions ».

Naturellement, ça tourne au désastre.

— Non, pas comme ça! Qu'est-ce que tu fais? Tu en as trop mis dans le bas! Je vois les fils. C'est affreux.

Ce ne sont là que quelques-unes des précieuses « suggestions » de ma mère. Résultat : mon père quitte la pièce en trombe et se réfugie dans la chambre pour aller regarder le match de football à la télé. Pendant ce temps, ma mère me demande de l'aider à descendre toutes les décorations du grenier. Résultat : *elle* déclare qu'il est temps que nous « fassions le ménage dans cet horrible fouillis ».

C'est le grenier tout entier qui y passe. Je ne plaisante pas. On en a eu pour le reste de l'après-midi.

Lorsqu'on a enfin eu terminé de ranger un endroit qui, à mon avis, est *conçu* pour être en désordre, mon père a refait surface et a fini d'installer les lumières, et ma mère est de bien meilleure humeur.

— Viens voir ce qu'on a fait! dit-elle à mon père. Je crois que j'ai commencé à *préparer le nid*.

(Je ne suis pas sûre de ce qu'elle veut dire)

Et ainsi, lorsqu'ils partent, main dans la main, inspecter le grenier inutilement bien rangé, je me retrouve seule avec les dix boîtes d'ornements à accrocher au sapin.

Et Eugénie? vous demandez-vous peut-être. *Mais où est-elle donc passée?*

Bonne question. Voici la réponse : elle court partout dans la maison avec ma vieille poupée dans les bras, la tête couverte d'une taie d'oreiller bleue.

Elle « répète », affirme-t-elle, pour la reconstitution de la Nativité qui aura lieu à l'église la semaine prochaine, et dans laquelle elle jouera le rôle de... qui d'autre? Vous avez deviné. Marie.

O.K., je sais que j'ai presque quatorze ans et que je suis bien trop âgée pour les spectacles de ce genre... mais bon sang, je rêve! Est-ce étrange de trouver injuste que ma petite sœur décroche le plus beau rôle de tous, alors que j'ai toujours dû me contenter d'incarner un berger... ah oui, et un *mouton*, une année.

— Tu ne viens pas m'aider? dis-je.

— Désolée, Noëlle. Je n'ai qu'une semaine pour me préparer.

— Tu sais, c'est *ma* poupée, dis-je avec amertume tandis qu'elle la couche dans le panier du chat. Pourquoi ne prends-tu pas la tienne?

Elle me sourit, joignant les mains l'une contre l'autre sous son menton.

— La tienne a l'air plus pauvre. Elle ressemble plus à Jésus, m'explique-t-elle avec bienveillance. Oh! Mais si maman avait son bébé tout de suite, je pourrais l'utiliser à la place!

— On voit bien que tu ne connais *rien* aux bébés. Et si tu n'as pas l'intention de m'aider, j'aimerais que tu te trouves une autre étable.

Je suis certaine que je la foudroie du regard avant de hurler :

— Et est-ce que je pourrais au moins avoir un peu de maïs soufflé?

— Navrée, chérie, crie ma mère. On n'en a plus. J'irai en acheter demain.

Lorsque l'heure du souper arrive, je suis affamée *et* épuisée.

Malheureusement, je n'ai pas le temps de raconter ma journée à Claire le lundi matin, car nous entendons la première sonnerie retentir dans le couloir.

— Déjà 8 h 30?

Nous échangeons un regard. Le temps passe vite quand on essaie de se faire belle.

Je mets du baume sur mes lèvres – que je me suis juré de ne pas laisser gercer de nouveau cet hiver – et nous sortons des toilettes des filles. Notre classe est située à droite, mais j'entraîne Claire dans l'autre direction.

— Tu n'as donc pas envie d'aller jeter un petit coup d'œil rapide à nos casiers?

Elle me prend les mains.

— Bien sûr! Allons-y!

Nous nous précipitons dans la section où se trouvent nos casiers… et c'est tout à fait renversant! Voilà ce que j'appelle une *véritable* ambiance de Noël!

Je remarque immédiatement que le casier de Nicolas est absolument magnifique (quelle ingénieuse trouvaille que ce papier à motifs de bonshommes de neige jouant au hockey, n'est-ce pas?), tout comme celui de Claire, et de nombreux autres. Le couloir est bondé d'élèves qui, en ouvrant leur casier, poussent des *oh!* et des *ah!* pour exprimer leur ravissement.

Mon casier, en revanche, est horriblement, tristement, incontestablement dénudé.

À l'extérieur, du moins.

La deuxième sonnerie se fait entendre, et Claire me tire par le bras pour m'entraîner vers la classe. Mais je ne peux tout simplement pas y aller maintenant.

4-24-14.

Un clic. Un grincement. C'est ouvert.

Non. Rien.

Hum?

Oh, tant pis, me dis-je. *Ça ne fait rien.* Apparemment, mon père Noël secret passera plus tard aujourd'hui. Peut-être qu'il lui était impossible d'arriver tôt ce matin. De toute façon, ça vaut mieux comme ça, puisque j'ai oublié de rapporter mon uniforme d'éducation physique vendredi. Dégoûtant. Je le ramasse et le fourre dans mon sac à dos.

O.K., père Noël secret. *À toi de jouer maintenant!* dis-je mentalement.

CHAPITRE 5

Je suis assez embarrassée de vous dire ça, mais à l'heure du dîner, mon casier est toujours intact. Comme vous pouvez l'imaginer, je commence à me sentir légèrement déprimée.

O.K., je vais l'admettre : je suis extrêmement déprimée depuis la deuxième période.

Non seulement je dois écouter tous mes camarades de classe parler de leurs fabuleux projets de vacances, mais je dois également endurer leurs commentaires élogieux à propos de leurs pères Noël secrets, moi qui n'ai jamais *rien* à dire sur ces sujets.

— Vous avez vu le nombre de cannes en sucre que j'ai reçues? demande Olivia. Allez, prenez-en tous une. Comme elles sont mignonnes!

— Regardez toutes ces pièces de monnaie en chocolat! s'exclame Isabelle. Je me demande si mon père Noël secret est juif aussi.

Elle sourit à Adam et Gabriel, en particulier.

— Servez-vous, *je vous en prie*! Je serai malade si je mange tout ça!

En fait, l'heure du dîner se transforme en véritable séance d'échange de friandises – auxquelles viennent s'ajouter quelques biscuits de Noël. (C'est Marc-Olivier qui les a cédés... à contrecœur.) Je dois dire que je me sens comme une quêteuse, n'ayant rien à partager de mon côté. Si on m'offre encore quelque chose en me demandant « Qu'est-ce que tu as eu? », je vous assure que je hurle! (Bien entendu, on continue à me poser la question, mais je garde mon sang-froid et réponds simplement : « Euh... rien pour l'instant... désolée », acceptant leurs regards de pitié et leur charité avec la plus grande grâce.)

Le seul qui n'a pas l'air totalement ravi de sa récolte est Nicolas – à notre grande surprise, à Claire et à moi.

— Je croyais qu'il aimait les bonbons colorés aux arachides, dit Claire tandis que nous le regardons les distribuer solennellement au bout de la table des garçons.

— En tout cas, il les aimait avant, dis-je.

— Pas besoin d'avoir peur qu'il tombe amoureux de son père Noël secret, dit-elle avec un haussement d'épaules.

Ouais, me dis-je un peu tristement. *J'imagine que non.*

Loïc, de son côté, s'extasie devant son propre père Noël.

— J'adore ces chocolats, ce sont les meilleurs! répète-t-il sans arrêt.

Je jette un coup d'œil à Rubis, qui semble au bord de la *syncope* tandis que Thalie l'aide à mettre ses nouvelles boucles d'oreilles en forme de feuille de gui. Je crois que je lui ai fait une grimace. Elle la mérite. Pfff!

Il y a une autre personne qui ne participe pas au grand échange; mais je ne sais pas si je dois m'en réjouir ou non. C'est Mia, qui, selon son habitude, est assise seule à une table en retrait. Comme toujours, elle a apporté son repas et lit son livre habituel, et elle ne semble pas, d'après ce que je vois, avoir apporté *ses* bonbons.

Hum... Bof. Tant pis.

— Ne t'en fais pas, dit Claire en soulevant la tête de son distributeur en forme de père Noël pour m'offrir un bonbon au citron. Tout le monde a son père Noël secret. Tu auras le tien aussi. Il faut seulement que tu sois patiente, j'imagine.

Et j'essaie. J'essaie vraiment.

J'attends religieusement la sonnerie avant de quitter la classe en trombe pour aller voir mon casier entre les cours. Mais chaque fois, je le trouve inchangé.

Enfin... jusqu'à la sixième période.

Je tourne au coin du couloir et aperçois l'œuvre de mon père Noël secret... Une minuscule canne en sucre cassée est collée à la porte de mon casier.

Je pense :

Est-ce qu'il s'agit d'une mauvaise blague ou quoi?

Est-ce qu'on se paie ma tête?

Je regarde les autres casiers autour de moi, tous décorés de papier étincelant et de stupides boucles brillantes. Certains sont moins soignés que d'autres, et certains ont un peu trop de glaçons à mon goût... mais je préférerais *n'importe quel* autre au mien! Je me dépêche d'enlever la canne en sucre avant que quelqu'un d'autre ne la voie. Après tout, ne croyez-vous pas qu'il vaut mieux ne *rien* avoir que d'avoir le plus lamentable père Noël secret de l'école?

À vrai dire, je suis tellement bouleversée que c'est à peine si je parviens à ouvrir mon casier. Mes mains tremblent encore plus que lorsque j'ai composé la combinaison de Nicolas. Quand je l'ouvre enfin, j'y range quelques livres, en prends quelques autres ainsi que mon manteau, et me regarde brièvement dans le miroir en me disant : *je t'interdis de pleurer!*

Puis je claque la porte et... autant vous le dire, je m'enfuis à toutes jambes.

Je sais, je sais. Je dramatise. Peut-être. Mais tout ça me paraît tellement injuste! *Pourquoi moi?* Pourquoi la personne qui a déjà le moins de chance pour les fêtes cette année doit-elle se retrouver avec le pire père Noël secret du monde entier? Hein, dites-moi? Et n'allez pas croire que je n'ai pas ma petite idée concernant l'identité de mon père Noël secret. Vous n'avez qu'à penser à la personne qui ne connaît rien à rien, qui est dépourvue de tout sens de l'humour, sans amis, la plus sauvage de toute la classe. Bingo! C'est Mia.

— Peut-être pas, dit Claire plus tard au téléphone. Peut-être que tu es simplement tombée sur quelqu'un qui n'a pas eu assez de temps aujourd'hui.

— Comment expliquer qu'une seule personne sur vingt n'ait pas assez de temps? On a pratiquement tous le même horaire, non? Et en plus, c'est un *devoir*. Qui serait assez fou pour le saboter?

— Il doit y avoir une explication logique, dit Claire. Comme tu l'as dit, c'est un devoir. Même quelqu'un d'aussi bizarre que Mia ne pourrait pas *ne pas* le faire.

— Je ne sais pas. Rappelle-toi, elle ne voulait pas participer au début.

— Oui, je sais, dit Claire, mais je crois quand même que tu devrais attendre jusqu'à demain. Ne t'inquiète pas, ajoute-t-elle. Si tu n'as toujours rien reçu, je te promets de partager ce que j'ai avec toi.

— Merci, dis-je tout bas. Hé, ne quitte pas. Il y a un appel en attente…

Je sais déjà qui c'est, bien entendu.

— Hé, Claire. Désolée. C'est l'amie d'Eugénie. *Je sais.* Mais il y a presque une heure qu'Eugénie tourne autour de moi. Je te rappelle plus tard. Salut. Hé, Eugénie! dis-je. Emmaillote ta… ou plutôt *ma* poupée et prends le téléphone!

Maintenant, qu'est-ce que je peux faire d'autre, à part m'enfermer dans ma chambre et ruminer?

Le lendemain, je me rends à l'école ragaillardie à l'idée qu'une grande tragédie a frappé mon père Noël secret hier... mais qu'aujourd'hui, tout ira bien dans le meilleur des mondes.

Je *ne* vais *pas* imaginer le pire en songeant à *mon* père Noël secret, Mia. Non. Comme le père Noël lui-même le ferait, je vais lui accorder le bénéfice du doute.

Encore une fois, j'arrive tôt en compagnie de Claire – quoique pas aussi tôt qu'hier – et la laisse s'occuper du casier de Nicolas pendant que je me dirige vers celui de Mia.

Les corridors sont éclairés, au moins, et la plupart des enseignants sont déjà là, mais je suis contente d'avoir le couloir presque à moi toute seule encore une fois. C'est agréable d'être à l'école quand tout est calme, silencieux et désert. C'est un peu comme si l'endroit nous appartenait, presque comme un deuxième chez-soi. Sauf quand il est tard le soir, comme cette fois où j'ai dû aller aux toilettes pendant un spectacle, l'année dernière. Je vous jure, on aurait dit un décor de film d'horreur. Plus jamais on ne m'y reprendra!

Enfin... Je trouve rapidement le casier de Mia (le seul en bas à être décoré, naturellement) et compose la série de nombres. Je dois avouer qu'en l'ouvrant, je suis un peu surprise. Premièrement, même s'il manque une canne en sucre, le sac de bonbons colorés aux arachides ne semble pas avoir été touché; deuxièmement, tout ce que j'ai utilisé pour décorer l'intérieur de la porte a disparu! Plus de papier. Plus de guirlandes. Il ne reste que quelques rubans frisés qui pendent tristement sur les côtés.

Je me demande :

Mais qu'est-ce qui s'est passé? Quel genre de personne n'aime pas les bonbons colorés et les décorations? Elle a laissé l'extérieur tel quel, Dieu merci. Mais tout ça semble bien étrange.

N'empêche que ce n'est pas mon problème. J'ai un travail à faire. En fait, j'ai maintenant un défi à relever. Je ne me contenterai pas d'être le père Noël secret de Mia, je serai le plus merveilleux père Noël qu'elle pourrait espérer avoir! Je ferai en sorte qu'elle ne puisse pas nous balayer du revers de la main, moi et ce projet. Je lui ferai comprendre qu'on ne peut pas ignorer les élèves de l'école secondaire du Nordet.

Et qui sait?... Si c'est *elle* qui a pigé mon nom, je l'inspirerai peut-être, avec un peu de chance! (Ou, à tout le moins, je la ferai sentir terriblement coupable d'avoir complètement gâché ma vie.)

Je suis bien contente d'avoir encore toutes mes fournitures de Noël avec moi, car je me mets rapidement au travail pour décorer son casier de nouveau; cette fois, je recouvre *complètement* l'intérieur de papier et de rubans, et de tout ce qu'il me reste, au fond. Puis non seulement j'accroche une dizaine de cannes en sucre supplémentaires et place les bonbons colorés plus en évidence, mais je suspends aussi aux crochets *toutes* les choses que j'ai achetées pour elle. Le brillant à lèvres. Les autocollants. Le stylo. Même les boucles d'oreilles que j'adore et que j'avais *presque* décidé de garder pour moi hier soir. (Puisque *personne* ne semble vouloir m'en offrir...)

Tiens, Mia, dis-je intérieurement en me frottant les mains de satisfaction. *Prends ça!*

— Ça alors! s'exclame une élève de secondaire I qui me fait sursauter en surgissant derrière moi. C'est splendide!

— Merci.

Je pivote et la salue.

Je suis certaine qu'il n'y a jamais eu, dans l'histoire de l'école, de père Noël secret plus formidable. Tant de générosité et de désintéressement, surtout venant de quelqu'un qui n'a *rien* reçu d'autre qu'un ridicule petit bout de canne en sucre jusqu'à maintenant. Enfin, jusqu'à hier.

Mais qu'en est-il aujourd'hui?

Je referme vivement le casier et cours vérifier au deuxième étage.

❄ CHAPITRE 6 ❄

Ça n'annonce rien de bon lorsque j'atteins le haut de l'escalier et que j'aperçois mon casier; il n'y a même pas de canne collée à la porte. *Dommage*, me dis-je, alors que le goût des saucisses que j'ai englouties ce matin au petit déjeuner persiste dans ma bouche. J'en aurais volontiers pris une autre.

Je laisse mon sac à dos glisser et tomber sur le sol avec un bruit sourd, et je donne un petit coup de pied de frustration dans la porte de mon casier. Puis, jetant un coup d'œil rapide à mes camarades qui plongent joyeusement dans le leur, j'ouvre mon casier.

Je vous en prie! Je vous en prie! Je vous en prie, faites qu'il y ait quelque chose dans mon casier ce matin! Faites que mon père Noël secret se soit ressaisi aujourd'hui!

Je regarde et… elle est là! Scintillant telle une grande étoile argentée (mais rectangulaire), juste sur le dessus de mon manuel d'algèbre. Je n'aurais pas pu la manquer.

C'est une enveloppe argentée et brillante avec le mot SURPRISE tracé à l'encre dorée sur le devant. Je m'en empare et l'ouvre, éclatant de rire lorsqu'une pluie de confettis métalliques jaillit littéralement de l'enveloppe.

Je lis la carte :

JOYEUSES FÊTES!
TU ES CORDIALEMENT INVITÉ/E
À LA SOIRÉE DE NOËL DE CLAIRE FRÉGEAU,
LE VENDREDI 18 DÉCEMBRE,
DE 18 HEURES À ?
TACOS ET CHOCOLAT CHAUD SERONT SERVIS.
HABILLE-TOI CHAUDEMENT!
RSVP À CLAIRE

Oh, me dis-je. *Amusant… je suppose.*
Mais est-ce que c'est tout?

Je fouille dans mon casier, retirant des livres, des papiers et tout ce qui n'est pas fixé au casier, cherchant quelque chose, n'importe quoi, qui ressemblerait de près ou de loin à un cadeau ou à une petite attention…

Au bout d'une minute, le plancher est jonché de tout ce que contenait mon casier… et c'est tout.

— Salut, dit Claire. As-tu reçu mon invitation? Je voulais te faire une surprise! Euh… qu'est-ce qui se passe?

— Je n'y comprends rien, dis-je d'une voix étranglée.

J'ai les poings crispés, mais je ne saurais dire si je suis furieuse ou triste.

— *Quoi?* demande Claire d'un ton inquiet.

Elle jette un coup d'œil dans mon casier.

— Toujours rien?

Je me mordille la lèvre et pousse un soupir.

— Oh... c'est dommage. Mais tu vois, poursuit-elle, mon père Noël secret n'est pas passé non plus ce matin.

Je fourre toutes mes affaires dans mon casier et secoue la tête.

— Mais toi, tu *sais* qu'il viendra, dis-je en marmonnant. Tu sais que ce n'est pas une petite snob qui n'a aucune intention de lever le petit doigt. Quelle idée que ce devoir insipide, de toute façon! Je vais écrire une lettre au conseil scolaire et exiger qu'on arrête tout!

— Parlons-en d'abord à Mme Baillargeon, suggère Claire, rationnelle, comme toujours. Elle pourrait faire une annonce, ou quelque chose du genre... Elle ne te laissera pas te sentir exclue comme ça. Même si elle doit remplacer elle-même ton père Noël secret!

Elle m'adresse un sourire encourageant tout en replaçant avec précaution sur la tablette le pot de macarons que je collectionne depuis la sixième année.

J'en ai probablement au moins 80, ou peut-être même 100 maintenant. Avant, j'avais l'habitude d'en porter quelques-uns chaque jour, jumelant les plus jolis, comme les Hello Kitty, avec les plus punk, comme les têtes de mort et les « Dites NON à la fourrure! » Puis, pour une raison quelconque, l'école a adopté un règlement interdisant les macarons. Ma mère, Claire et quelques autres nous aident à faire annuler cette décision, sous prétexte que cela « inhibe notre liberté d'expression... », mais c'est une autre histoire...

— *Oh!*

J'entends Rubis pousser un cri derrière moi lorsqu'elle ouvre son casier.

— Regardez ce que j'ai eu! Un ourson! Il dit : « Joyeux Noël ». Comme il est chou!

Je me retourne et la fusille du regard.

— Allez, dit Claire en me faisant pivoter doucement. Allons tout de suite parler à Mme Baillargeon, avant que la sonnerie retentisse.

Je soupire et approuve d'un signe de tête, mais juste au moment où je ferme la porte de mon casier, je reste figée.

Nicolas approche.

Il court, toujours vêtu de son manteau, mais nous décoche un bref regard (pas exactement un sourire, mais plutôt un regard fixe) en passant. Bien sûr, je suis trop lente (comme d'habitude) pour même penser à lui dire « Salut ».

Je me contente de le regarder trotter jusqu'à son casier devant lequel il laisse tomber son sac. Claire commence à s'éloigner, mais je l'agrippe par la manche et la retiens. Nous n'irons nulle part pour l'instant. Je veux voir Nicolas ouvrir son casier et découvrir ce que Claire y a laissé... quoique, à le voir regarder sans cesse par-dessus son épaule dans notre direction, je crois qu'une approche plus discrète que de rester là à l'observer serait de mise.

Je me tourne vers mon misérable casier et l'ouvre encore une fois. J'attire Claire derrière la porte et regarde autour de moi *comme si de rien n'était.*

Nicolas ouvre lentement son casier et semble prendre un instant pour soupirer. Il saisit le cahier, le stylo et le crayon à l'effigie des Alouettes que Claire a attachés ensemble, les remet à leur place, accroche son manteau, enlève sa tuque, prend un cahier et referme la porte.

Il se dirige ensuite vers le local d'anglais. Claire est abasourdie, et moi, encore plus dévastée que je ne l'étais.

Claire me regarde.

— Je croyais qu'il *aimait* les Alouettes.

Mes épaules me semblent lourdes.

— Moi aussi?

En fait, c'est mon corps tout entier qui me paraît lourd, de la tête jusqu'aux pieds quelque peu engourdis. Je pensais connaître Nicolas. Je pensais qu'il *aimait* tous ces trucs. Je pensais que, même si nous ne bavardons plus aussi souvent qu'avant, nous étions encore amis, techniquement. Pourtant, il semble qu'à un moment donné cet automne, il se soit *beaucoup* éloigné. J'ai toujours cru que Nicolas et moi étions... enfin, que nous étions faits l'un pour l'autre, qu'il le réaliserait aussi un jour, et que nous vivrions heureux jusqu'à la fin des temps. Mais subitement, alors que je suis plantée là, je

68

me rends compte qu'il y a une chance que je me sois... trompée.

— Je suis navrée, dis-je à Claire. Peux-tu imaginer à quel point je déteste cette journée?

Les choses ne s'améliorent pas non plus en classe, car Claire et moi arrivons trop tard pour que je puisse dire quoi que ce soit à Mme Baillargeon à propos du bon à rien qui est mon père Noël.

Cependant, elle donne l'impression d'être au courant que quelque chose ne tourne pas rond, à la façon dont elle amorce le cours en nous demandant comment se déroule l'échange.

— Très bien! dit Rubis. C'est la chose la plus fantastique qu'on ait jamais faite!

Elle secoue la tête de gauche à droite, et je sais qu'elle veut qu'on remarque ses boucles d'oreilles en forme de feuille de gui... celles-là mêmes que je me rappelle avoir vues dans le chariot qu'elle et Thalie partageaient la fin de semaine dernière... Et dire qu'elle voulait *tout* raconter à Mme Baillargeon si Claire et moi échangions nos noms! Bon, je n'ai pas de preuve... mais enfin! Quelles sont les chances qu'il s'agisse d'un *hasard*, dites-moi?

— Tant mieux, dit Mme Baillargeon. Souvenez-vous, continue-t-elle en regardant Rubis, que je veux que vous vous amusiez; pas de doute, vous l'avez bien mérité. Mais je veux aussi que vous profitiez de l'occasion pour penser à vos camarades de classe et pour leur montrer que vous les appréciez.

(Je ne tenterai même pas de décrire les commentaires et les ricanements qui accueillent cette remarque. Je suis sûre que vous pouvez très bien imaginer.)

— Silence, s'il vous plaît. Comme je disais... je sais que je n'étais pas là vendredi, mais j'espère que bon nombre d'entre vous avez pigé le nom d'une personne que vous ne connaissez pas beaucoup et, qu'au cours de la semaine, vous prendrez le temps de mieux la connaître. En outre, je crois que vous découvrirez – du moins, je l'espère – que plus le cadeau que vous offrez à quelqu'un est choisi avec soin, et ce, aussi petit soit-il, plus il aura une grande valeur pour vous deux. C'est facile, à l'approche des fêtes, de songer seulement à ce que l'on recevra. Mais voyons un peu ce que c'est que de réfléchir vraiment à ce que nous pouvons donner, d'accord?

Je me tourne pour jeter un coup d'œil à Mia, question de voir comment elle réagira à ce commentaire. *A-t-elle l'air coupable?* Le discours de Mme Baillargeon sur l'importance de donner l'a-t-elle fait pleurer de honte? Mais non... elle a l'air plutôt normale, à vrai dire. Renfrognée, distante et tout à fait ennuyeuse, comme toujours.

— Oh et c'est malheureux, mais puisque nous ne sommes pas des êtres *magiques* comme le vrai père Noël, je sais qu'à l'occasion, il peut y avoir de *petits* problèmes avec le système. Tout ce que je peux vous dire, c'est de ne pas vous en faire. Ces malentendus finissent toujours par se dissiper. Mais si vous avez un problème, n'hésitez pas à m'en parler pour que je puisse vous aider. Je serai heureuse de le faire. C'est mon travail! O.K. Merci tout le monde... Maintenant, qui parmi vous a lu – et j'ai bien dit lu, et non vu le film du même nom – *Un chant de Noël*, de Charles Dickens?

Je me tourne vers Claire et pose mes bras croisés sur mon pupitre. Il faut que nous parlions à Mme Baillargeon sans faute après le cours.

— Euh... madame Baillargeon...

Elle se tient devant le tableau, effaçant une liste que nous avons dressée ce matin pour comparer et différencier les trois fantômes qui rendent visite à Scrooge. Elle porte un autre chandail de Noël, différent de celui qu'elle portait lundi. Maintenant que je suis près d'elle, je remarque que celui-ci représente les cadeaux de la chanson *Les douze jours de Noël*. Je crois que je préférais celui de lundi, avec le bonhomme de neige, mais je n'en suis pas sûre.

Mme Baillargeon pivote, laisse retomber ses lunettes sur les sept cygnes de son chandail, repoussant la seule mèche de cheveux d'un blanc pur qui se distingue de sa chevelure noire, et nous sourit chaleureusement.

— Oui, Noëlle? Oui, Claire? Qu'est-ce que je peux faire pour vous?

Je respire profondément... et déglutis.

— C'est au sujet de mon père Noël secret, dis-je. Je pense avoir l'un de ces petits problèmes dont vous parliez...

71

— Oui, dit Mme Baillargeon en acquiesçant. Je crois que je sais.

Je reste bouche bée, comme une parfaite imbécile.

— C'est vrai?

— Oui.

Elle continue de hocher lentement la tête comme le font tous les enseignants, et la plupart des médecins aussi, je crois.

— Je crois savoir ce qui se passe. Et je suis certaine que c'est très frustrant.

Je fronce les sourcils.

— Oui, *très*. Et je ne pense pas que ce soit très juste. Est-ce que... euh... vous allez la faire échouer?

Mme Baillargeon lève les sourcils, l'air étonnée, puis les fronce tout en joignant les mains.

— Euh... non, répond-elle simplement.

Elle remue les lèvres.

— En fait, poursuit-elle avec un soupir, je pense que tout est déjà arrangé.

L'air songeur, elle se tourne vers son bureau et retire deux cannes en sucre d'un pot en verre rouge et blanc.

— Vous en voulez une? demande-t-elle.

Claire et moi les prenons en la remerciant.

— Je crois que ton père Noël secret se manifestera aujourd'hui, Noëlle, dit Mme Baillargeon doucement. Et je sais que cette personne est vraiment désolée de t'avoir fait attendre. Extrêmement désolée. Bien entendu, si le problème persiste, viens m'en parler immédiatement, d'accord?

Je fais un signe affirmatif.

— D'accord, madame Baillargeon.

Elle m'adresse un sourire réconfortant, mais qui me fait également sentir un peu petite.

— Est-ce que que tout se passe bien dans ton rôle de père Noël? me demande-t-elle.

Je regarde Claire.

— Oh oui, dis-je. Pas de problème de ce côté-là.

— Bien. C'est tellement important, ça aussi, n'est-ce pas?

— Oui.

— On se revoit demain, alors?

— Oui, dis-je de nouveau. Merci, et à demain.

Et avec un signe de la main, nous quittons la classe.

— Je me demande comment elle a su, dis-je tout haut, autant à moi-même qu'à Claire.

Nous marchons dans le couloir, nous appliquant à défaire l'emballage de nos cannes sans les casser.

— Peut-être que Mia est déjà allée lui parler, dit Claire. Peut-être qu'elle lui a demandé encore une fois d'être exemptée.

— Hum...

Je hoche la tête et glisse la plus longue extrémité de la canne dans ma bouche. Elle goûte la menthe fraîche (quoi d'autre!), et je dois me retenir pour ne pas la croquer d'un seul coup.

Je me demande si Mia a déjà parlé à Mme Baillargeon...

et, si c'est le cas, je me demande ce qu'elle lui a dit. Je me demande aussi si elle essaiera *vraiment* d'être un bon père Noël maintenant... ou si elle le fera, mais de façon pitoyable. Il faut que je le sache...

Je fais rouler le bâtonnet sucré autour de ma langue, puis je laisse échapper le « ha » le plus cynique qui soit.

— Qu'est-ce qu'il y a? dit Claire.

— Tu ne devineras jamais ce que *j'ai* laissé dans *son* casier aujourd'hui.

— Quoi?

Je sors la canne de ma bouche.

— Tout! dis-je.

Je remets le bonbon dans ma bouche.

Claire me lance un regard de travers.

— Pourquoi? demande-t-elle.

— Je ne sais pas... dis-je avec un léger haussement d'épaules, consciente que, peu importe ce que je dirai, ça sonnera faux.

Nous atteignons nos casiers et nous séparons pour aller chercher d'autres manuels. Les couloirs sont presque déserts, et nous savons que la sonnerie annonçant la deuxième période retentira bientôt.

Je compose ma combinaison et tire la porte d'un coup sec, au moment même où Claire s'écrie :

— Hé! On dirait que mon père Noël est passé.

— Devine quoi! dis-je en fixant mon casier. Le mien aussi.

❄ C̈HAPITRE 7 ❄

Ce n'est pas grand-chose. Mais c'est déjà ça. En détail : un sac de bonbons aux arachides aux couleurs de Noël, une paire de chaussettes en polyester à motifs de pères Noël (pointure unique) et une note griffonnée à la hâte sur un bout de page de cahier.

Chère Noëlle,

Accepte mes excuses. J'ai oublié la combinaison de ton casier au pôle Nord lundi (ho, ho, ho!) et je n'ai rien pu te laisser avant aujourd'hui.

J'espère que ça te plaira.

Sincèrement,

ton père Noël secret

Eh bien, me dis-je en remettant la canne dans ma bouche et en examinant les chaussettes, grâce à ce projet, j'ai effectivement appris quelques nouvelles choses au sujet de Mia : elle a une écriture bien plus négligée que je ne l'aurais cru, et elle ne sait absolument *rien* de moi!

75

— Alors? demande Claire avec enthousiasme en surgissant derrière moi. Qu'est-ce que tu as eu? Montre! Eh! regarde-moi!

Je me retourne et aperçois Claire arborant un foulard violet en laine pelucheuse, presque identique à celui que j'avais l'intention de lui faire. Je n'arrive pas à le croire! Elle non plus, d'ailleurs.

Suçotant toujours sa propre canne sucrée, elle rejette une extrémité du foulard par-dessus son épaule et m'adresse un grand sourire.

— Je l'*adore*! dit-elle. Mais je ne comprends pas. Est-ce que mon père Noël secret t'a demandé de le tricoter pour moi?

Elle saisit l'autre bout du foulard et l'agite devant moi d'un air taquin.

— Tu es tellement cachottière! Qui est-ce? Tu dois me le dire!

Je crois que mon visage s'est figé dans une expression d'irritation intense et de surprise totale, et je mets quelques secondes à retirer ma canne de ma bouche pour lui répondre.

— Je ne sais pas.

— Ce n'est donc pas toi qui as fait ça?

Elle tient les deux extrémités du foulard à frange et me les montre.

Je secoue la tête.

— Non.

Elle laisse pendre le foulard sur son chandail et

l'effleure d'un air songeur.

— Oh...

Je la fixe à mon tour.

— Bizarre. Peut-être que mon père Noël l'a acheté, dit-elle en haussant les épaules. Il est très bien fait. Alors, qu'est-ce que *ton* père Noël secret t'a finalement laissé?

Toujours contrariée, je lève les chaussettes et roule les yeux.

— Oh, elles sont ravissantes! dit Claire.

— Tu peux les prendre.

— Pourquoi?

Je fais claquer ma langue et garde la bouche entrouverte, déçue à l'extrême.

— Parce que je ne porte pas de chaussettes, tu te souviens?

Je lève la jambe et remonte mon jean pour lui rafraîchir la mémoire.

— Je n'en ai pas porté de l'année.

— Oh, c'est vrai.

Claire hoche la tête.

— Dans ce cas, je crois que je vais les prendre. Elles sont chouettes.

— Tiens, dis-je en les lui tendant. Et tu peux prendre ça aussi.

Je sors les bonbons aux arachnides de mon casier et les lui offre.

— Je les préfère nature.

— Oh, allez! dit-elle.

Elle prend les chaussettes, mais remet soigneusement les bonbons à leur place. J'insiste.

— C'est vrai. Je les préfère nature. De plus, dis-je en m'emparant du gros sac vert pour l'examiner de plus près, c'est probablement un cadeau de seconde main, dis-je avec un petit rire méprisant.

— Tu crois? demande Claire.

— Oh, je le sais. Il est *exactement* comme le sac que j'ai laissé dans le casier de Mia, celui qui s'y trouvait toujours ce matin quand j'ai regardé.

Le front de Claire se plisse à un point tel que sa frange remue.

— Et alors? fait-elle. Ils sont tous pareils.

Elle va même jusqu'à rire. (Je vous assure! Disons seulement que je suis agacée.)

— Et tu n'es même pas *certaine* que c'est Mia, ajoute-t-elle. Je croyais que tu aimais bien les arachides. Tu peux toujours les apporter au dîner et les échanger.

Je la fixe du regard, avec son nouveau foulard pelucheux (mais qu'est-ce que je vais lui donner *maintenant*?) et son chandail lavande *assorti* (comme par hasard!), tenant mes adorables (quoique tout à fait *inappropriées*) chaussettes à motifs de pères Noël et... enfin, je n'en suis pas fière, je l'avoue, mais je perds les pédales.

— Tu sais, c'est vraiment facile pour toi de voir le

beau côté des choses, dis-je sèchement. Ton père Noël secret a beaucoup de goût et sait ce que tu aimes, au moins. Et je ne parlerai *même pas* de la personne dont *tu* as pigé le nom.

Mes yeux lancent des éclairs.

— Moi, dans les deux cas, j'ai quelqu'un qui s'en fiche pas mal, et c'est vraiment...

Malheureusement, le mot « injuste » est couvert par la sonnerie annonçant le début de la deuxième période.

— Et maintenant, nous serons en retard au cours d'anglais, dis-je d'un ton amer. C'est vraiment super.

Je referme brusquement mon casier, oubliant complètement de prendre mon livre d'anglais, et je dois refaire ma combinaison six ou sept fois avant de réussir à l'ouvrir. Claire, et c'est tout à son honneur, se tient debout patiemment et attend, respirant plutôt bruyamment, mais ne disant pas un mot.

À notre arrivée au cours d'anglais, Mia circule dans la classe, distribuant des photocopies; lorsqu'elle me regarde, je ne saurais dire qui de nous deux détourne les yeux en premier. (Réflexion faite, je crois que c'est elle.)

— *Good morning, young ladies,* dit Mme Greenwood, guillerette comme toujours, à l'avant de la classe. *But why are you late to class, my friends?*

Hum? Est-ce qu'elle nous demande si on est en retard?

Je me mordille la lèvre et me tourne vers Claire.

— *I don't know...* dit celle-ci en levant les épaules.

Ce bon vieux « je ne sais pas ». J'aurais dû y penser. Ça fonctionne toujours.

— Ah... *naturally.*

L'enseignante hoche la tête et, avec un soupir et un geste de la main, nous invite à rejoindre nos *desks.* (Ce mot-là, je le connais.)

— *But please,* poursuit-elle, *throw away the canes.*

Elle désigne la poubelle en métal vert et, bien que je n'aie aucune idée de ce qu'elle vient de dire, je crois qu'elle s'est bien fait comprendre.

Dommage, me dis-je en jetant ma canne en sucre, qui touche le fond de la poubelle avec un bruit sec particulièrement sonore. (Celle de Claire la rejoint tout de suite après.) Elle était devenue presque aussi fine qu'une aiguille. Quel gaspillage... mais c'est tout à fait typique, j'imagine, d'une journée pourrie comme celle d'aujourd'hui.

Je me glisse sur ma chaise et garde la tête baissée tandis que Mia continue sa ronde; mais lorsqu'elle arrive enfin à ma hauteur, je ne peux m'empêcher de la regarder de nouveau. Je veux qu'elle voie dans mes yeux que j'ai eu sa note d'excuses, si on peut appeler ça des excuses, et ses soi-disant cadeaux... et je suis également curieuse de voir si elle a eu les miens. Je veux voir si elle porte les boucles d'oreilles de Noël que je lui ai offertes, ou encore le brillant à lèvres... Mais non. Pas de boucles d'oreilles. Et ses lèvres sont sèches. Elle est déterminée à gâcher complètement cet échange de cadeaux, n'est-ce pas? Ou peut-être pas complètement. En fait, elle ne gâche que *le mien*!

Eh bien, ce petit jeu se joue à deux.

Au moment où elle dépose les photocopies, je lève la jambe et la pose juste là, sur mon pupitre, pour qu'elle voie mon *pied nu*. Je croise les bras et pince les lèvres d'un air de défi tout en la regardant en face.

Elle me fixe en écarquillant les yeux, et je sais qu'elle se dit : « *Touché!* »

— *Noëlle! Put that foot down! Immediately!*

La voix de Mme Greenwood, étonnamment puissante pour une femme aussi menue – d'autant plus qu'elle est encore plus âgée que ma grand-mère, j'en suis sûre –, me parvient de l'autre bout de la classe.

Oups. Ayant la nette impression que les mots qu'elle a prononcés signifient « Pose ton pied par terre! », je m'exécute sur-le-champ et prends un air affairé. Mais, sérieusement, si vous pensez que j'arrive le moindrement à me concentrer sur ce travail… disons seulement que vous devriez vraiment y réfléchir à deux fois.

En fait, je crois pouvoir affirmer sans me tromper que la *seule* chose à laquelle je pense durant toute la journée, c'est à quel point ma vie est totalement misérable. Oh, je suppose que j'exagère… un peu. Disons seulement tout ce qui concerne les fêtes.

Le cours de sciences n'est plus qu'un vague souvenir

dans mon esprit. Au moins, je n'ai pas eu de labo à faire.

L'heure du dîner est une vraie torture. Tous les élèves, et je dis bien tous, n'en finissent plus de s'extasier sur leurs incroyables, prodigieux, extraordinaires pères Noël secrets.

— Tu as vu mon bracelet? J'ai *tellement* hâte de le porter à Cancun!

— Cet album photo est *trop* mignon! Je pourrai y mettre toutes mes photos du Costa Rica!

— Attends! Tu as reçu ce collant à motifs de pères Noël en cadeau? Ce n'est pas vrai! Moi aussi! Ce sera tellement joli sous mon pantalon de ski!

Rubis et Thalie, comme vous pouvez l'imaginer, sont parmi les plus insistantes – et les *premières*, ajouterai-je – quand vient le temps de me demander ce que *j'ai* à montrer.

— J'ai eu des chaussettes.

— Super! On peut voir?

— Non.

Et même si je dois reconnaître que Claire est assez aimable pour ne pas trop attirer l'attention sur son foulard… elle le *porte* toujours, ce qui signifie que tout le monde le *voit*, et ne peut que *remarquer* à quel point il est splendide.

— Oh! J'adore ton foulard! J'en veux un aussi. Où l'as-tu acheté?

— Euh… c'est un cadeau de mon père Noël secret.

— Incroyable! Crois-tu qu'il a été fait à la main?

— Je ne sais pas.

— Hé! Noëlle sait tricoter! dit Olivia.

— Penses-tu que c'est elle? demande Isabelle à Claire.

Cette dernière secoue la tête et dit :

— Hum, je ne crois pas.

— Non?

Olivia paraît avoir des doutes, et quelques minutes plus tard, elle s'arrête même près de moi en revenant du buffet de salades.

— C'est toi? chuchote-t-elle.

— Moi qui quoi? dis-je.

— Le père Noël secret de Claire. Hum? Je promets de ne rien dire.

— Je pourrais te répondre, dis-je tristement, mais il faudrait que je te tue ensuite, tu comprends?

Pendant ce temps, à l'autre bout de la table, les garçons comparent leurs cartes de baseball, leurs bandes dessinées, et tous les autres trucs qu'ils collectionnent. Loïc distribue encore des clochettes en chocolat, ce qui suscite les moqueries et les cris d'à peu près tout le monde : « Loïc, je crois que quelqu'un est amoureux de toi! » Nicolas les laisse tous essayer tour à tour sa tuque de père Noël et son nez rouge. Lorsqu'il récupère sa tuque, il la met et sourit timidement et, durant une seconde, je ne peux que penser à quel point il est gentil et séduisant... à quel point c'est facile de l'aimer... et à quel point il est brave de mettre une tuque qui vient d'être portée par Colin... *Beurk*.

C'est alors, bien sûr, qu'il me surprend en train de l'observer (comme *toujours*), et tout ce qui m'a démoralisée pendant la journée me revient aussitôt à l'esprit – à la puissance 10, comme dirait mon père.

J'ai suivi le conseil de Claire; j'ai apporté mes bonbons à la cafétéria au dîner, et j'effectue quelques échanges intéressants. Mais rien – pas même la moitié du petit gâteau d'Anaïs – n'est aussi bon qu'il aurait dû l'être.

Pour être franche, je suis tentée de me lever et d'aller m'asseoir dans mon coin. Mais les seules chaises libres qui restent sont à la table de Mia – qui, telle la super méchante, prépare une nouvelle combine pour la destruction finale de mon échange de cadeaux, j'en suis sûre. Je reste donc assise là, m'efforçant plutôt d'avaler mes bonbons colorés, mes mini barres de chocolat ainsi que le bœuf barbecue à la texane qu'on sert à l'école ce jour-là.

Avant la cinquième période, je suis *à un cheveu* de retourner voir Mᵐᵉ Baillargeon, je l'avoue. Mais en y réfléchissant bien, je ne sais pas ce que je lui dirais. Après tout, mon père Noël a laissé *quelque chose...* accompagné d'une note explicative plus ou moins pertinente au sujet de la journée d'hier. Honnêtement, quand je tente de trouver les *mots* pour expliquer ce qui ne va pas avec Mia, je n'y arrive pas. Par contre, je sais ce que je *ressens*!

La journée continue, mais pratiquement sans moi. Je trébuche sans arrêt pendant le cours d'éducation physique (même si nous sautons à la corde et que, normalement, j'*adore* ça). Le cours d'histoire se déroule sans que je dise le moindre mot – pas même à Nicolas, ce qui est dommage puisque, pour une fois, il m'adresse la parole.

— Tu me prêtes ta gomme à effacer une minute? demande-t-il.

Et tout ce que j'arrive à faire, je vous jure, c'est de la lui tendre et de le fixer.

— Euh... merci, dit-il quand il a fini.

Je crois que j'ai hoché la tête, mais vous savez quoi? Je n'en suis même pas sûre.

Une fois le cours de maths enfin terminé, je veux tellement, mais tellement rentrer chez moi que je n'y vois plus clair. Lorsque la sonnerie retentit, je prends mes affaires et cours presque dans le couloir pour me rendre à mon casier, prendre mon manteau et sortir.

— Hé! Speedy Gonzalez, dit Claire. Qu'est-ce qui presse tant?

Je ne me retourne même pas. Je continue à faire face à mon casier *incroyablement* dénudé et me concentre uniquement sur ma combinaison afin de l'avoir du premier coup.

Oui! me dis-je d'abord, puis, o*h non... pas encore!*

— Alors? demande Claire.

— J'en ai assez de cette journée, dis-je dans une sorte de marmonnement. Je veux sortir d'ici, c'est tout.

— Veux-tu venir chez *moi*? Ma sœur a fait des biscuits

hier.

— C'est vrai?

— Oui, et *beaucoup*! Enfin, la plupart étaient pour son petit ami, mais elle nous en a gardé quelques-uns.

Hum... J'ouvre mon casier fade et sans couleur, et prends ce dont j'aurai besoin ce soir à la maison. À vrai dire, j'en ai plutôt ras-le-bol des sucreries, mais c'est toujours amusant d'aller chez Claire.

Je suis sur le point de dire : « Oui, d'accord, pourquoi pas? », lorsque Claire se sent obligée d'ajouter...

— Je sais qu'on est seulement mardi, mais j'ai l'impression qu'il me manque des trucs pour Nicolas... J'ai pensé lui offrir un bracelet de l'amitié plus tard cette semaine, qu'en dis-tu? Et puisque tu es tellement douée pour les faire, pourrais-tu m'aider?

Je prends mon manteau, la tuque que j'aime le *moins* (il semble que j'ai déjà perdu toutes les autres), et le foulard que j'aime le *plus*, le rose et gris à rayures, puis me retourne.

— Un bracelet de l'amitié? dis-je. Tu veux que *je* t'aide à faire un bracelet de l'amitié pour le garçon qui *me* plaît? Tu délires? Est-ce que ça ne suffit pas déjà que je t'aie aidée à choisir tout le reste pour lui? Franchement! Et, pendant qu'on y est (impossible de m'arrêter maintenant), est-ce que ça ne suffit pas que tu sois manifestement tombée sur un père Noël absolument formidable qui peut t'offrir tous les foulards – et quoi d'autre encore? – dont tu auras *jamais* besoin? Peut-être que tu devrais lui demander de t'aider.

J'ai les yeux qui piquent et la gorge douloureusement serrée, et j'ai du mal à rester plantée là, alors qu'elle me regarde, ébahie, bouleversée, blessée et... enfin, comme *vous* m'auriez regardée aussi, j'en suis sûre.

Mais je n'ai pas encore terminé. Oh non.

— Alors non, Claire, je ne veux pas aller chez toi cet après-midi. Merci. Et tu sais quoi?...

Animée de ce qui ne peut être qu'un profond désespoir, je glisse la main dans mon affreux sac à dos noir et en ressors son invitation.

— ... Je pense même que je n'irai pas non plus à ton party vendredi soir.

Je lui remets l'invitation, la gorge nouée.

— Merci quand même, Claire. Salut.

Et sur ce, je franchis la porte en coup de vent et me retrouve dans le froid.

Je sais. *Je sais.* Je me suis montrée tout à fait odieuse. Croyez-moi, je le sais!

Mais je ne me retourne pas. Pas question. Je continue à marcher. Droit devant moi, les yeux presque complètement baignés de larmes, j'avance le long de la rangée d'autobus qui ronronnent vers celui qui me délivrera de ce lieu où règnent misère et injustice, également appelé l'école.

Puis un crétin me lance un ballon de football à la tête... et c'est plus fort que moi, je fonds en larmes.

CHAPITRE 8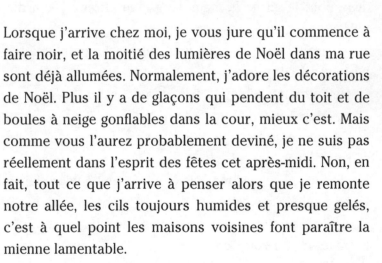

Lorsque j'arrive chez moi, je vous jure qu'il commence à faire noir, et la moitié des lumières de Noël dans ma rue sont déjà allumées. Normalement, j'adore les décorations de Noël. Plus il y a de glaçons qui pendent du toit et de boules à neige gonflables dans la cour, mieux c'est. Mais comme vous l'aurez probablement deviné, je ne suis pas réellement dans l'esprit des fêtes cet après-midi. Non, en fait, tout ce que j'arrive à penser alors que je remonte notre allée, les cils toujours humides et presque gelés, c'est à quel point les maisons voisines font paraître la mienne lamentable.

Nous sommes presque exactement à une semaine de Noël et nous n'avons pas encore installé les bougies électriques dans nos fenêtres. Nous le faisons toujours habituellement. Pfft! Et il n'y a toujours pas de lumières non plus dans le sapin qui se trouve dans la cour – celui qui nous a servi d'arbre de Noël naturel après la naissance d'Eugénie. Depuis, année après année, mon père l'a décoré d'un nombre toujours croissant de lumiè coloré colorées... jusqu'à aujourd'hui.

Alors? Est-ce que le fait d'avoir un bébé nous empêche de penser à Noël? Est-ce que ça signifie qu'en plus d'être délaissée par le père Noël à l'école, je peux m'attendre à l'être aussi à la maison? Je doute fort que ma mère ait prévu du temps pour magasiner entre ses rendez-vous chez le médecin, ses siestes et ses séances de ménage compulsives. (Non pas que j'aie beaucoup magasiné moi-même, mais j'ai bien l'intention d'y aller en fin de semaine, je le jure.)

Enfin bon... Je suis devant la porte – la seule *partie* de ma maison qui a été décorée, pour ainsi dire (avec une couronne achetée au supermarché) – et, lorsque je l'ouvre, je ne reconnais plus du tout la maison.

— Maman! Qu'est-ce qui se passe ici?

— Attends. J'arrive...

Premièrement, laissez-moi vous expliquer de quoi a l'air ma maison *normalement* : j'imagine qu'on pourrait dire qu'il y règne – oh, je ne sais trop – quelque chose comme un « désordre confortable ». Croyez-moi, nous ne sommes pas des souillons ou quoi que ce soit, mais nous ne sommes pas non plus obsessifs en ce qui concerne le ménage. (Pas comme chez Claire, Dieu merci, où son père est *toujours* en train de passer l'aspirateur et de nous rappeler d'enlever nos chaussures.) Il y a toujours une pile quelconque au bas de l'escalier, et un mois de courrier couvrant la table de la salle à manger. *En* _ɔanche_, il y a toujours un verre propre (quand on en eut un) et des sous-vêtements propres (quand on cherche bien). De plus, et c'est le plus grand avantage, on peut être certain, lorsqu'on met quelque chose quelque part, que personne d'autre ne le ramassera!

Maintenant, laissez-moi vous résumer l'aspect de la maison à mon arrivée aujourd'hui : on se croirait chez Claire! Il y a même des traces d'aspirateur sur les tapis!

Ma mère sort de la cuisine et s'approche de moi en se dandinant, rayonnante.

— Bonjour, ma chérie. As-tu passé une bonne journée à l'école?

— Maman! dis-je, criant presque. Qu'est-ce que tu as fait?

Elle promène son regard autour d'elle et prend une bonne bouffée d'air citronné.

— Je sais, dit-elle en soupirant. N'est-ce pas que c'est joli?

— Non! ce n'est pas beau!

Je regarde autour de moi dans le vestibule.

— Où est mon iPod? Où sont mes chaussures? Où sont les livres de bibliothèque que j'oublie sans cesse de rapporter à l'école?

Je crois que ma mère est sur le point de répondre, mais je me dirige déjà vers la pièce voisine.

— Où est mon carnet d'adresses? Où est mon tricot? Où est ma brosse? Je l'ai laissée juste là, sur la table. Et tous mes macarons? C'est la moitié de ma collection! Où sont-ils passés?

Je virevolte et aperçois ma mère derrière moi, ses bras croisés reposant sur son ventre; elle me fixe comme elle fixe souvent ce garçon qui passe sur notre pelouse à vélo.

— Tout est dans ta chambre.

— Oh.

Puis la panique s'empare de moi.

— Tu n'as pas fait ça?!

— Ne t'inquiète pas, dit-elle, je n'ai pas touché à ta chambre. Beurk, ajoute-t-elle en grimaçant.

Elle m'adresse un grand sourire, utilisant le bas de son t-shirt pour essuyer des traces de doigts sur la table.

— Dis-le-moi s'il y a quelque chose que tu ne trouves pas.

Elle me dévisage ensuite avec insistance.

— Dis-moi, ma chérie, est-ce qu'il y a autre chose qui ne va pas? Est-ce qu'il s'est passé quelque chose à l'école?

Déterminée à ne pas pleurer de nouveau, je lève les yeux au plafond (lui n'a pas changé, au moins) et avale ma salive.

— Mmm? fait-elle.

— Non, dis-je.

— Tu en es sûre?

— Oui.

Je tourne les talons, m'apprêtant à quitter la pièce.

— Tu veux ranger le garde-manger avec moi? J'aurais vraiment besoin d'aide.

Je secoue la tête.

— Non, maman, je ne veux pas. (Elle rigole ou quoi?) J'ai seulement envie d'être seule.

— O.K.

Elle paraît satisfaite.

— Mais avant, viens que je te serre dans mes bras.

Je sais que ça paraît probablement terrible, mais je suis persuadée d'avoir émis un grognement.

— Oh, allez, dit-elle.

— Mais c'est *difficile* de te serrer dans mes bras, maman.

Comprenez-moi bien : *j'aime* serrer ma mère dans mes bras comme n'importe qui. Seulement, je ne plaisante pas; depuis quelque temps, c'est loin d'être évident.

Je ne me rappelle pas avoir eu autant de difficulté avant la naissance d'Eugénie. Peut-être que c'est parce que j'étais beaucoup plus petite. Maintenant, quand j'enlace ma mère, j'ai l'impression qu'il y a un ballon d'exercice entre nous. Je ne sais pas quoi faire de mes bras, de ma tête... De plus, je ne peux m'empêcher de penser que... sans trop savoir comment... je pourrais faire mal au bébé.

N'empêche que je m'exécute et, après avoir posé un baiser sur ma joue, ma mère me laisse *enfin* me réfugier dans ma chambre.

— Sois prête à descendre souper quand papa rentrera, lance-t-elle derrière moi. Il apportera des mets indiens.

— Encore?

C'est plus fort que moi, je m'arrête et me retourne. On en a mangé, quoi, dimanche?

Ma mère affiche un large sourire et se frotte le ventre.

— Je n'y peux rien!

Je grimpe l'escalier et m'arrête à la salle de bains tout en formulant un vœu : est-ce que les extraterrestres qui m'ont volé ma vie voudraient bien me la rendre, s'il vous plaît? Jusqu'à maintenant, tout allait tellement bien, sans aucun problème majeur.

Je baisse les yeux et aperçois ma braguette ouverte, réalisant avec horreur qu'elle l'a probablement été toute la journée, à l'école...

Je sais que j'aurais dû faire mon travail d'histoire cet après-midi, et probablement étudier pour le cours d'anglais; mais après avoir réussi à faire mon devoir de maths, je n'arrive plus à me concentrer. J'ai besoin d'oublier un peu l'école, ce qui signifie qu'il ne me reste qu'une chose à faire : écouter ma liste de chansons tristes préférées (gracieuseté de la sœur de Claire) et re-relire mon livre coup de cœur du moment.

De plus, je veux profiter de l'intimité de ma chambre tant que je l'ai encore, même si elle ressemble davantage à une chambre d'enfant qu'à celle d'une adolescente. Non pas qu'on m'ait dit *clairement* qu'Eugénie déménagerait dans ma chambre – pour l'instant, le plan consiste à garder le bébé dans la chambre de mes parents, mais je ne suis pas idiote. Je sais que le jour viendra où le bébé aura besoin de sa propre chambre...

Naturellement, ce n'est pas facile de trouver ma musique, ni mon livre, dans l'immense tas que ma mère a vidé sur mon lit. Et ne me demandez pas comment des livres que j'ai lus des centaines de fois finissent au fond de mon placard, alors que des vêtements que je ne porte jamais se retrouvent pendus à mes étagères. Honnêtement, je ne saurais vous le dire. Tout ce que je sais, c'est que c'est comme ça.

Deux heures plus tard, on frappe à ma porte.

(Bien sûr, je n'entends pas avec mes écouteurs.)

La porte s'ouvre toute grande. Eugénie est plantée là, les sourcils froncés, vêtue d'un jean noir, d'un t-shirt noir à tête de mort, et d'un voile bleu beaucoup plus long que ceux que j'ai vus jusqu'à maintenant.

— C'est l'heure de souper! crie-t-elle.

Je dépose mon livre.

— Je parie que tu ne devineras jamais ce qu'on mange!

— ... indien, dis-je.

Elle écarquille les yeux; on dirait deux soucoupes.

— C'est exact! Comment as-tu deviné?

— J'ai un don, dis-je.

Je lui fais signe de partir d'un geste de la main.

— Va-t'en, maintenant. Je descends dans une minute.

— Dépêche-toi, dit-elle. Oh et Claire a appelé pendant que j'étais au téléphone. J'ai oublié de te le dire.

(Je me retiens de lui lancer un « merci » sarcastique.)

— Mais maman m'a demandé de te dire de la rappeler après le souper.

Cette fois, le « merci » m'échappe, et le sarcasme aussi.

Ce genre de choses n'arrive tout simplement pas aux gens qui ont leur propre téléphone...

— Je ne suis pas devin, Line... dit mon père lorsque j'entre dans la cuisine, mais à te voir t'affairer dans la maison comme ça, je dirais que ce bébé va se montrer très bientôt.

— Oh, je t'en prie, Paul! Ne dis pas de sottises.

Ouais, dis-je intérieurement. *Je t'en prie, papa!*

Ma mère pose ses mains sur son ventre.

— J'ai *besoin* d'un mois de plus!

Minimum, me dis-je.

— Salut, ma jolie! dit mon père lorsqu'il remarque enfin ma présence. Comment vas-tu?

— Bien, je suppose.

Je soupire et prends un air à la fois ennuyé et irrité.

— Est-ce qu'on peut simplement manger?

— Vas-y, dit ma mère. Oh, mais une minute, mademoiselle.

C'est Eugénie qu'elle regarde.

— Rien sur la tête à table… et je ne suis pas sûre de vouloir te laisser porter la nouvelle couverture du bébé…

Ah, c'est donc ça. Eugénie a troqué sa vieille taie d'oreiller pour la ravissante couverture bleue que grand-maman Gabrielle vient d'envoyer. Cette dernière prend ses désirs pour des réalités. Je suis tellement certaine que le bébé sera une fille.

— Mais, maman, gémit Eugénie, je suis Marie. *Marie.* Je ne peux pas porter une *taie d'oreiller.* Cette couverture est parfaite. *S'il te plaît!* Allez!

— Allez?

Ma mère laisse échapper une sorte de grognement et a un de ces regards qu'elle aime échanger avec mon père.

— On en reparlera plus tard. Pour l'instant, enlève-la.

Eugénie obéit, avec une expression qui ressemble beaucoup à la mienne. Puis nous nous passons les plats de pain, de riz et de poulet épicé, dont nous ne semblons jamais avoir assez, ainsi que les légumes d'accompagnement à l'allure bizarre, auxquels personne ne semble jamais toucher.

Je me dis que, de toutes les choses dont ma mère aurait pu avoir envie, ça pourrait être pire.

— Hé, Noëlle, dit ma mère. Je me disais qu'en allant au magasin, demain, je pourrais acheter ce qu'il faut pour faire une maison en pain d'épice comme celle que tu as confectionnée l'an dernier.

Je ne dis rien.

— Ce pourrait être amusant, poursuit-elle. Et Eugénie pourrait te donner un coup de main.

— Oui! s'écrie ma sœur.

Ils me regardent tous maintenant, s'attendant à une sorte d'alléluia-la-vie-est-belle-et-vive-Noël!

Mais à quoi bon? me dis-je. *Noël, cette année, ne sera pas du tout comme les autres Noël. Pourquoi faire semblant?*

Je ne dis pas ça, bien entendu, mais plutôt :

— Vous savez, je ne vois pas pourquoi je devrais décorer une ridicule maison en pain d'épice pour vous alors que personne ne s'est donné la peine de décorer notre vraie maison. Vous savez ce que les voisins pensent, n'est-ce pas? Ils pensent que nous sommes une bande de ratés. Et ils ont raison. J'ai terminé.

Et sur ce, je me lève.

— Bonne nuit.

Je ne sais pas ce qui m'a pris exactement. C'était plus fort que moi, c'est tout ce que je peux dire. Ça, et que le reste de ma soirée est pour ainsi dire gâché.

Ma mère monte un peu plus tard pour – soyons réalistes – me sermonner.

— Tu sais, Noëlle, tu peux être en colère, c'est permis. Et triste aussi, naturellement. Et j'en suis navrée. Mais ça ne te donne pas le droit d'être méchante avec Eugénie, ton père ou moi.

Je regarde derrière elle, fixant les chaussons de ballet roses sur la bordure dans le haut de mon mur.

— Et où veux-tu en venir? dis-je.

— Là où je veux en venir, continue-t-elle d'un ton sévère, c'est que je sais que Claire organise une soirée vendredi, et que si tu gardes cette attitude, tu n'iras pas.

C'est à ce moment-là que je la regarde.

— Très bien.

Je sais... je peux être tellement idiote parfois.

Alors, bien sûr, je ne peux pas quitter ma chambre du reste de la soirée. Même lorsque ma mère me demande si j'ai encore faim... et si j'ai quelque chose à *dire*. Même lorsque mon père me demande si j'ai envie de jouer aux cartes... et si j'ai quelque chose à *dire*. Pas même lorsque Eugénie frappe à ma porte et me demande si je veux regarder l'émission spéciale de Noël à la télé.

— C'est tellement bébé, dit-elle. Mais ça passe ce soir et je sais que c'est ton émission préférée.

— Non, merci, dis-je.

— Et maman et papa veulent savoir si tu as quelque chose à *dire*.

Je ne sors pas de ma chambre même lorsque je me rends compte que je n'ai toujours pas rappelé Claire. Elle croira sûrement que je suis furieuse contre elle. Mais c'est probablement mieux ainsi. De toute évidence, je ne suis pas responsable des propos que je tiens aujourd'hui. Non pas que j'aie particulièrement hâte d'être à demain, mais je suis drôlement impatiente de voir cette journée se terminer enfin...

❄ CHAPITRE 9 ❄

Le lendemain matin, après une série de « Est-ce que tu te sens mieux? » et « Nous t'aimons, Noëlle, tu sais », auxquels s'ajoute un « Je vous aime aussi; je suis vraiment désolée » de ma part, je pars pour l'école.

J'arrive en étant parfaitement consciente (et pas vraiment mal à l'aise) de ne pas avoir quoi que ce soit à laisser dans le casier de Mia –, et je me sens encore moins coupable en ouvrant mon propre casier.

Il y a une *autre* paire de chaussettes. Je vous jure que c'est sérieux.

Celles-ci sont vert fluo avec tout plein de cannes rose vif et, bien que je les trouve plutôt super, je suis assez démoralisée.

Je ne porte pas de chaussettes! ai-je envie de hurler. *Je n'en ai jamais porté (cette année, du moins) et je n'en porterai jamais!*

Je dois grogner ou marmonner ou je ne sais quoi

lorsque je sors mes manuels et referme brusquement la porte, car Claire me regarde d'un air curieux derrière la porte de son propre casier.

Je sais que je devrais dire quelque chose... j'ouvre même la bouche. Mais rien ne sort – jusqu'à ce que Claire retire de son casier une masse violette en laine pelucheuse et la pose sur sa tête. C'est une tuque assortie au foulard d'hier. Elle est tellement belle que j'en pleurerais.

— Oh, Claire! fait Olivia en courant derrière nous. Oh, mais regarde-toi! C'est de ton père Noël?

Claire hoche la tête.

— Hum-hum.

— Tu en as de la chance! dit Olivia. Oh, mais regardez ce que j'ai eu aujourd'hui!

Elle montre une feuille de minuscules pierres en forme de larmes et à bordure dorée qui se présentent dans un arc-en-ciel de couleurs. Je constate qu'il en manque une et, lorsque je lève les yeux, je vois qu'elle est sur le front d'Olivia, entre ses yeux.

— Tout un paquet de bindis! s'exclame-t-elle. De l'*Inde*! Je pourrai les porter quand je ferai du *yoga*, à Cancun! N'est-ce pas qu'ils sont chouettes? Tu en veux un? demande-t-elle en se tournant pour m'offrir la feuille.

Je secoue la tête.

— Non, merci, dis-je en serrant mes livres contre ma poitrine.

Elle hausse les épaules et me répond :

— Ça éloigne le malheur.

J'aurais dû en prendre un. Mais il est trop tard. Je déteste quand ça arrive.

— Et toi? demande-t-elle à Claire.

— Oui, bien sûr. Pourquoi pas?

Claire prend une pierre violette – pour aller avec sa tuque et son foulard, j'imagine –, mais je tourne les talons et m'éloigne avant même qu'elle ne l'applique.

Ce n'est pas que je ne veux pas parler à Claire, vous savez. Pas du tout. Je dirais plutôt que je ne peux pas lui parler; je ne peux pas me résoudre à lui dire : « Désolée à propos d'hier et tout. » Ce qui, d'une certaine façon, est presque aussi mal. Ouais, je sais.

Je me dirige vers ma classe, me préparant mentalement à la parade des « regarde-ce-que-j'ai-reçu-aujourd'hui », qui est probablement déjà commencée. Mais, à mon arrivée, la classe est à moitié vide. Je sais bien que les élèves qui manquent ne sont pas tous encore à leur casier... Qu'est-ce qui se passe?

N'empêche que Rubis et Thalie, et ceux qui sont déjà là, font leur part.

— Sens-moi, dit Mélanie en me présentant son bras. Devine ce que c'est. Vas-y.

— Du gruau? dis-je d'un air las, n'ayant pas du tout envie de jouer aux devinettes.

— Non! dit-elle.

Elle fronce les sourcils et éloigne son bras.

— Des biscuits au gingembre, voyons!

— Oh.

— Mon père Noël secret m'a offert une nouvelle sonnerie pour mon cellulaire! dit Rubis.

Elle nous la fait entendre : *Jingle bell, jingle bell, jingle bell rock...*

— Comment a-t-il bien *pu* trouver mon numéro? demande-t-elle en se pâmant.

Je regarde Thalie. Ouais, on se le demande.

— Qu'est-ce que c'est? demande Mélanie à Isabelle.

— Oh, ce sont des cartes postales que j'ai reçues aujourd'hui. Elles sont magnifiques, non? Tenez, prenez-en une.

Isabelle offre une carte à tous les élèves autour d'elle, y compris à Olivia et à Claire; celles-ci viennent d'entrer, arborant fièrement leurs bindis et prêtes à partager ceux qui restent.

Pendant que les filles poussent des *oh!* et des *ah!* et choisissent leurs propres pierres, je me concentre sur ma carte postale; elle est illustrée par la jolie photo d'un vrai bébé manchot à qui on a dessiné un foulard, et je me demande pourquoi ce n'est pas moi qui ai reçu ces cartes.

— Inscrivez-y votre adresse, nous dit Isabelle, et je pourrai vous écrire de Vail!

Merveilleux. Justement ce dont j'avais besoin pendant mes vacances : qu'on me rappelle encore à quel point elles sont tristes et pathétiques, me dis-je.

J'écris pourtant mon nom et mon adresse... et je décoche un regard plein d'amertume à Mia tout en écrivant.

Avec autant de places vides, elle paraît encore plus exclue et solitaire, et je vois bien (ça saute aux yeux!) qu'elle pense que ce nous faisons dans notre coin de la classe est stupide. Nos regards se croisent, et nous nous fixons pendant une seconde, puis elle baisse les yeux et laisse ses cheveux former leur bouclier habituel.

Je me demande à quoi elle avait le plus hâte ce matin en venant à l'école : trouver dans son casier d'autres formidables présents à ignorer (ou, pire encore, à ridiculiser), ou laisser d'autres cadeaux qu'elle savait que je détesterais dans le mien?

Je suis contente de ne pas lui avoir donné satisfaction sur le premier point, me dis-je tout à coup; *pourquoi la laisserais-je gagner sur le deuxième?*

Je jette également un coup d'œil furtif à Nicolas, qui examine la plaque d'immatriculation aimantée de Loïc, et j'ai soudain envie qu'il pense que je suis *super* heureuse, et que je passe des moments merveilleux.

Je me redresse donc sur ma chaise et m'efforce de ne pas avoir l'air de la fille qui n'a pas trouvé de sens à sa vie, mais plutôt de quelqu'un qui s'amuse follement.

— Tes cartes postales sont tellement géniales, Isabelle! dis-je (plutôt fort, je crois) en lui redonnant la mienne. Assure-toi de m'écrire durant la *première* semaine, O.K.?

— Oh, je n'y manquerai pas, dit-elle, puisque je sais que tu seras chez toi.

Ouais, je sais. Mais je me contente d'avaler ma salive et de continuer à sourire.

— Bonjour, tout le monde, dit Mme Baillargeon.

Je suppose que la sonnerie vient de retentir. Sur le chandail qu'elle porte aujourd'hui, on peut voir les neuf rennes du père Noël tirant son traîneau avec enthousiasme. Lorsqu'elle nous salue de la main, on entend tinter leurs brides à ruban doré ornées de grelots.

— Il faut que je vous dise à quel point j'adore voir tous les cadeaux que vous avez choisis; je peux seulement imaginer le plaisir que vous éprouvez en voyant à quel point vos amis sont contents de les recevoir.

Cette remarque est accueillie par de nombreux sourires, des « ouais » et des hochements de tête. (Mia et moi nous abstenons, naturellement.)

— Continuez votre bon travail, poursuit Mme Baillargeon. Je serais ravie de parler plus longuement du déroulement de ce projet avec vous tous...

Super, me dis-je.

— ... mais j'ai bien peur que ce soit l'heure de nous mettre en rang.

Oh, c'est vrai. Je me souviens que le spectacle de Noël a lieu aujourd'hui. C'est là que sont passés tous les élèves qui manquent; ils se préparent à nous impressionner avec leur chorale douteuse, leurs instruments à bois et je ne sais quoi d'autre.

— Si vous avez apporté quelque chose en classe, dit Mme Baillargeon, laissez-le simplement sur votre pupitre.

Vous aurez le temps de récupérer vos affaires après le spectacle. Maintenant, tout le monde derrière Rubis, rapidement s'il vous plaît. Et en silence.

Tandis que nous nous mettons en rang, j'ai recours à ce qui est devenu ma tactique habituelle dans de telles situations : me placer comme si de rien n'était entre Claire et Nicolas. Parfois, ça fonctionne, mais d'autres fois, c'est sans espoir et beaucoup trop évident pour être cool, même si Claire est toujours assez gentille pour m'aider du mieux qu'elle peut. Pas aujourd'hui, cependant. Le plus difficile n'est pas de me placer à côté de Nicolas, mais bien de Claire.

J'imagine qu'à ce stade-ci, elle a dû décider qu'elle ne me parlerait plus, ce qui, je l'avoue, gâche une partie de mon plaisir lorsque je parviens à me placer à côté de Nicolas. (Ça, et le fait qu'en me retournant, j'aperçois plutôt Mia de l'autre côté.)

En silence, je pousse un profond soupir alors que nous rejoignons les autres files d'élèves qui serpentent déjà dans les couloirs.

Notre école est plutôt vieille, et on y trouve plein de trucs anciens, comme des laboratoires de sciences préhistoriques et des toilettes sorties tout droit du Moyen Âge, je vous jure. En revanche, l'auditorium est superbe. Claire affirme qu'à l'époque où sa sœur fréquentait notre école, les sièges étaient durs et causaient des échardes. Mais il semble qu'on a trouvé l'argent nécessaire pour faire des rénovations, car maintenant, nous avons des fauteuils bleus rembourrés, exactement comme dans les cinémas. De plus, un artiste a peint tous les murs de la salle en 3D, et si le spectacle finit par être ennuyant (particulièrement les cérémonies de remise de prix et les discours trimestriels que Mme Joseph, notre directrice, aime bien prononcer), on peut toujours se divertir rien qu'en regardant autour de nous.

Je dois donc reconnaître qu'une fois assise à côté de Nicolas Lehoux, peu importe ce qui est au programme, l'expérience de l'auditorium est assez agréable... en général.

Mais, vous l'aurez deviné, je ne suis pas vraiment d'humeur à écouter de la musique de Noël, la prestation de la chorale et, apparemment, de l'ensemble de jazz, et surtout pas à me lever pour chanter avec tout le monde à la fin. (On sait tous que *ça* finira comme ça.) Je n'ai pas non plus envie de subir les regards furieux que me lance Claire au bout de la rangée, ni d'être assise à quelques centimètres de la reine des grincheuses en personne (Mia, bien sûr). Pour couronner le tout, je ne suis même pas d'humeur à bavarder avec Nicolas!

— Alors, euh... dit-il en se tournant vers moi, comment trouves-tu ton père Noël secret?

Une question tout innocente... du moins, c'est ce qu'il pense!

Je me tourne vers lui à mon tour, ravie qu'il m'ait remarquée. Mais on peut dire que sa question m'a piquée au vif.

Tandis que l'auditorium continue de se remplir, je baisse les yeux, sachant que la source de tous mes ennuis est à ma droite. Je prends soudain conscience de l'excellente occasion qui s'offre à moi : je peux à la fois me confier au garçon de mes rêves et dire le fond de ma pensée en toute *innocence* concernant cet échange de cadeaux raté...

— En fait, dis-je d'une voix aussi forte que je l'estime prudent, mon père Noël secret est pourri.

— Ah?

— Ouais.

Je hoche la tête d'un air pitoyable que j'espère de circonstance.

— C'est vrai? Pourquoi? demande-t-il.

(Il *est* gentil, non?)

— C'est que... dis-je dans un soupir, je croyais que le but de cet échange était d'apprendre à mieux connaître la personne dont on a pigé le nom, tu vois? Et... enfin...

Je soupire de nouveau.

— Je ne pense pas que mon père Noël soit le moindrement intéressé à mieux me connaître.

Je regarde Mia du coin de l'œil, rien que pour voir si elle écoute. Elle est entourée de son bouclier doré, mais je suis persuadée qu'elle prête l'oreille.

— Oh... Alors, qu'est-ce que tu as reçu?

Je secoue la tête tristement.

— Des chaussettes.

— Oh, dit-il. Quoi, tu n'aimes pas les chaussettes?

— Elles sont pas mal, dis-je, mais franchement!

Je m'adosse et appuie mes Vans contre l'arrière du siège devant moi, exposant mes chevilles nues, encore froides et légèrement bleuies; l'élève de secondaire III devant moi se retourne aussitôt et me lance un regard furieux.

Je pose mes pieds par terre.

Je regarde Nicolas comme pour dire : « Incroyable, non? », et je dois dire qu'il paraît bel et bien soucieux. *Peut-être qu'il m'aime, après tout!* me dis-je.

Puis il me demande :

— Quel est le problème?

— Je ne porte jamais de *chaussettes*. Tu le savais, n'est-ce pas?

— Je suppose que oui... dit-il en souriant à moitié. (Il n'y a rien de plus mignon qu'un demi-sourire.) Mais peut-être que ton père Noël a pensé que tu en avais besoin... ou je ne sais trop quoi.

— Peut-être, dis-je, sensible à sa sollicitude. Mais, honnêtement, dis-je en haussant la voix d'un ou deux décibels, – non pas que ça me touche le moindrement –, tu ne trouves pas que c'est presque *pire*?

Il réfléchit à la question pendant un instant, puis il fronce les sourcils. (En passant, cette expression lui va plutôt bien aussi.)

— Es-tu certaine que c'est tout ce que tu as eu?

— Oui, en gros.

Je lance un autre regard en direction de Mia.

— Mais comprends-moi bien. Ce n'est pas grave. J'ai toujours mes vrais amis, au fond.

Je soupire et souris bravement à Nicolas.

Dans un film, me dis-je, *c'est à ce moment-ci qu'il me prendrait la main.*

— *Chut.*

Mme Baillargeon passe près de nous (j'entends tinter ses grelots), et la chanson « Vive le vent » commence...

Une heure plus tard, une fois le spectacle terminé (et non, Nicolas ne m'a toujours pas pris la main), Mme Baillargeon nous fait sortir en nous disant de la suivre dans la classe, si nous avons besoin d'y retourner, ou de nous rendre directement à notre deuxième cours.

Je constate que Nicolas y retourne, et je suis extrêmement déchirée. J'ai l'impression qu'on a enfin repris contact, après s'être à peine parlé pendant si longtemps, et je meurs d'envie de retourner en classe avec lui... mais je ne veux pas paraître trop empressée.

Je finis par décider que Nicolas devra attendre. Peut-être que je pourrai m'asseoir à côté de lui pour dîner! (Il semble que Claire ne souffrira pas de mon absence.)

Je m'arrête donc aux toilettes, brosse mes cheveux et m'assure que les regards étranges que m'a adressés Nicolas exprimaient bel et bien de la sympathie et n'étaient pas du type beurk-tu-as-quelque-chose-entre-les-dents. *De grâce, pas ça,* me dis-je. *Ouf.* (Tout est O.K.)

Je traverse ensuite le couloir à la hâte en direction de l'escalier menant au deuxième étage.

Mais subitement, je m'arrête. Mia est là, debout devant son casier ouvert, *en larmes*. Ça ne semble même pas l'ennuyer que tous ces élèves de secondaire I l'observent. Elles laissent les larmes *rouler* sur ses joues.

Je pense :

Bon sang! Ce que j'ai dit lui a fait tout un effet!

Je l'avoue, je voulais qu'elle se sente coupable de m'avoir laissée tomber comme ça. Mais, sincèrement, jamais je n'ai souhaité – ni même cru que je *pourrais* – la faire *pleurer*. Je croyais qu'elle avait un cœur de pierre. De la vieille pierre dure, rêche et austère. En ce moment, toutefois, – le croiriez-vous? – elle paraît encore plus bouleversée que moi.

Me serais-je complètement trompée sur son compte? me dis-je alors que je me tiens là, mal à l'aise, avec le sentiment d'être froide et méchante. *Est-ce qu'elle s'est sentie comme une parfaite idiote en m'entendant me plaindre? A-t-elle réellement essayé d'être un père Noël attentionné pour moi? Chose certaine, elle n'a pas essayé très fort.*

Quoique moi non plus, après tout, suis-je forcée d'admettre.

Je suis presque – presque – sur le point d'aller la trouver et de lui dire que je suis désolée. Désolée d'avoir dit qu'elle était un père Noël pourri. Et désolée d'avoir été moi-même un père Noël vraiment nul ce matin.

Mais bon, c'est plus difficile qu'on pourrait le penser.

Je reste donc plantée là tandis que les élèves de

secondaire I s'éloignent en courant, m'efforçant de trouver un moyen de passer sans qu'elle me voie.

Elle se retourne tout à coup, et je crois bien avoir eu un mouvement de recul. Mais ce n'est pas moi qu'elle regarde. Elle recolle une photo à l'intérieur de la porte de son casier. C'est l'une de ces photos où l'on aperçoit des élèves de son ancienne école...

Et c'est alors que ça me frappe : j'ai des tas d'amis qui m'entourent (moins que certains, peut-être, mais plus que d'autres, de toute évidence), et je les repousse, tandis que Mia n'en a pas un seul ici, ayant dû les quitter tous.

Et ce n'est pas tout. Je répète sans cesse qu'elle n'a pas essayé d'apprendre à mieux me connaître, alors que je n'ai pas fait le moindre effort pour apprendre à la connaître non plus...

Enfin, ai-je fait un effort? me dis-je en réfléchissant pendant un instant. *Hum... non. Absolument pas.*

Je suis sincèrement navrée. Pourtant, je ne m'approche pas pour le lui dire. Elle a déjà refermé son casier et s'est éloignée. À mon grand soulagement, dois-je dire.

Ce sera plus facile d'exprimer mes regrets par des gestes, de toute manière. Du moins, je l'espère.

On dit souvent que le malheur d'autrui nous console de notre propre malheur, mais ce n'est pas tout à fait vrai. Je dirais même que les malheureux veulent être heureux, et aider les autres à l'être aussi. Du moins, je crois que c'est mon cas.

CHAPITRE 10

Lorsque j'entre dans la classe, la deuxième période est sur le point de commencer, et la classe se remplit d'élèves en vue du prochain cours de français de Mme Baillargeon. Je me dirige rapidement vers mon pupitre et prends les manuels que j'y avais laissés, et je salue mon enseignante avant de sortir.

— Noëlle, ma belle, dit Mme Baillargeon qui m'arrête en souriant. Je me demandais... si la situation s'était améliorée avec ton père Noël secret?

Je fais un signe affirmatif et la rassure d'un grand sourire.

— Tout va bien.

Puis je traverse le couloir à toute allure pour me rendre au cours d'anglais, où je suis *late* une fois de plus. Mais je m'en tire bien malgré tout, car Mme Greenwood n'est pas encore arrivée.

Je jette un coup d'œil autour de moi, à la recherche de Mia, mais elle n'est pas là non plus. Je me laisse donc tomber sur ma chaise à ma place habituelle derrière Claire en espérant qu'elle va se retourner. Comme ce n'est pas le cas, je lui touche l'épaule au bout d'une minute.

— Oui? dit-elle d'un ton détaché, laissant s'écouler quelques secondes avant de se retourner.

Je me penche en avant et murmure :

— Je suis vraiment désolée. Vraiment.

— Eh bien, tu as raison de l'être. Je n'ai rien fait, moi.

Elle a l'air renfrogné, mais je la connais assez bien pour savoir qu'elle est tout aussi prête que moi à se réconcilier.

— J'ai même essayé de t'appeler hier soir.

— Je sais, Eugénie me l'a dit... Mais il y a eu cette autre dispute à la maison...

Son expression change aussitôt.

— C'est vrai?

— Oh, c'est arrangé, dis-je avec un haussement d'épaules. Moi et mon petit caractère... Mais je vais mieux aujourd'hui.

— Est-ce que ton père Noël est passé?

Mal à l'aise, elle jette un coup d'œil sur son écharpe, la frange violette et duveteuse sortant çà et là de sous ses longs cheveux bruns. Quand elle relève la tête, une expression d'inquiétude sincère se lit sur le visage de ma meilleure amie.

— Eh bien… oui, dis-je en levant légèrement les yeux au ciel. J'ai eu d'autres chaussettes.

— Tu plaisantes?

— Oh! non! je ne plaisante pas.

— *Hum…*

Elle se tourne encore plus vers moi.

— Tu sais, chuchote-t-elle, peut-être que Mia pense que tu as *besoin* de chaussettes. As-tu pensé à ça?

— C'est drôle, dis-je tout bas, c'est ce que Nicolas a dit.

L'expression de Claire change de nouveau.

— Nicolas a dit ça? Vraiment?

Qui sait ce qui l'étonne le plus : que Nicolas ait suggéré la même chose qu'elle, ou qu'il m'ait seulement adressé la parole?

— Hum-hum, dis-je avec un grand sourire, n'essayant pas le moins du monde de cacher mon excitation. Au spectacle.

— *Vraiment?* Qu'est-ce qu'il a dit d'autre?

Je soupire et hausse les épaules.

— Pas grand-chose. Mais – et je sais que j'ai eu l'air idiote en disant ça – c'est bien parti!

— Tu sais, ajoute Claire, le sourire aux lèvres, c'est ce que je me disais.

— Quoi?

— Que peut-être Nicolas agit aussi discrètement quand tu es là parce qu'il t'aime aussi…

Je secoue la tête. Ce serait trop beau pour être vrai!

— Je ne pense vraiment pas, dis-je d'un ton catégorique. On le *sait* quand quelqu'un nous aime.

— Je suppose, me répond-elle.

— En tout cas, je crois que je me suis trompée à propos de Mia.

Je m'approche davantage et baisse encore le ton.

— Je l'ai vu pleurer après le spectacle. Devant son casier.

— Ce n'est pas vrai! dit Claire.

Elle balaie la pièce du regard, cherchant Mia à son tour.

— Où peut-elle bien être?

— Je ne sais pas…

— Pourquoi pleurait-elle?

— Je n'en suis pas sûre…

Je fixe le sol, honteuse.

— Peut-être parce qu'elle m'a entendue me plaindre à Nicolas à son sujet.

Mes lèvres se gonflent en une moue coupable, et je laisse échapper un soupir de remords. Puis j'ajoute :

— Mais je crois aussi que son ancienne école lui manque. Ses vieux amis, surtout.

Je regarde Claire.

— Je me demandais même s'il te restait des invitations. Au fait, il n'est pas question que je rate ton party. (Pourvu que ma mère me permette d'y aller.) Qu'en penses-tu?

— Oui, bien sûr. Enfin, si tu crois que c'est une bonne idée… pourquoi pas? dit Claire en fouillant dans son sac à main.

Au même moment, Mme Greenwood fait irruption dans la classe, poussant un chariot presque aussi gros qu'elle.

— *Hello, class! Here is the Christmas Plum Pudding!* En d'autres mots, dit-elle en souriant, le plum pudding de Noël!

Elle continue en français.

— Je me suis dit que, puisque nous n'avons que trois cours par semaine et que vous aurez un test vendredi (elle sourit; je grogne), nous pourrions célébrer *Christmas* aujourd'hui, *in English!*

— Ça alors! C'est génial! s'exclame tout le monde... sauf Rubis, qui doit toujours y aller d'un commentaire du genre : *Wow! That is magnificent!* (Je vous jure que c'est vrai.)

Et tout le monde a raison (même Rubis), car sur le chariot se trouve un grand plateau d'argent sur lequel repose un gâteau brun foncé gros comme un ballon de football, nappé d'une sauce au beurre et d'une feuille de houx. Miam! Il a l'air absolument délicieux.

— *It is the Christmas traditional cake in England, my darlings,* dit Mme Greenwood.

— *Pardon me?* demande Gabriel.

— C'est le dessert traditionnel de Noël en Angleterre, répète-t-elle lentement en souriant.

— Est-ce que c'est vous qui l'avez fait? demande Thalie.

— *Of course!* Naturellement, si je l'avais acheté dans une pâtisserie anglaise, il serait encore mieux *decorated*, comme ils disent!

— Est-ce qu'on peut... le manger? demande Adam.

— Ah...

Mme Greenwood hoche la tête d'un air entendu; elle ressemble à un elfe.

— *In English, please.*

Nous nous regardons tous, l'eau à la bouche, sans avoir la moindre idée de ce qu'il faut dire.

L'enseignante soupire.

— *Can...* dit-elle.

— *Can*, répétons-nous.

— *We...*

— *We.*

— *Eat?*

— *Eat.*

— *Of course! Enjoy!*

Elle se penche et prend des assiettes, des fourchettes ainsi qu'un large couteau sur la tablette inférieure du chariot, et nous fait signe de la rejoindre.

— Vous savez ce que ça veut dire, n'est-ce pas?

Colin s'écrie :

— Ça veut dire « mangeons »!

— *Yes! And Merry Christmas!*

Au cas où vous ne le sauriez pas, ça signifie Joyeux Noël. Et je sais que, si j'arrive à donner un peu de bonheur à Mia, je serai vraiment plus joyeuse, moi aussi.

* * *

Le langage des Anglais est peut-être difficile à apprendre, mais leurs desserts se mangent facilement! Qui aurait deviné que cet appétissant gâteau au goût de gingembre, de cannelle, de mélasse et d'agrumes regorgeait de fruits confits, de raisins secs et d'amandes? Miam, c'est le cas de le dire!

Bien entendu, je redoute toujours autant le test de vendredi, mais je dois reconnaître que ça rend la révision du mercredi un peu plus agréable.

Et, au cas où vous vous poseriez la question, Mia reçoit aussi sa part de plum pudding, après être revenue en classe vers la fin de la période avec une note de l'infirmière l'excusant en raison d'un mal de tête.

Après le cours, je meurs d'impatience de glisser l'invitation de Claire dans son casier; mais mon prochain cours, sciences de la Terre, se donne à l'autre bout de l'école. J'attends donc qu'il soit terminé. Puis, armée de mes nouvelles connaissances sur la façon de différencier une roche sédimentaire d'une roche métamorphique (cette dernière est stratifiée et fait un bruit caractéristique quand on la cogne; la roche sédimentaire est habituellement plus pâle et plus légère; ce labo m'a valu un A+, rien de moins!), je vais livrer l'enveloppe argentée sur laquelle j'ai collé un mot de ma part.

Voici ce que j'ai écrit :

Chère Mia,

J'aimerais apprendre à mieux te connaître, mais c'est

difficile du pôle Nord! Ho, ho, ho! Toutefois, si tu es libre vendredi soir, peut-être pourrions-nous apprendre à mieux nous connaître, toi et moi.

Sincèrement,

Ton Père Noël secret

P.-S. D'autres cadeaux à venir demain; j'ai oublié de charger mon traîneau ce matin. Ho, ho, ho!

Je sais bien que ce n'est pas exactement du Molière. Mais ce n'est pas toujours évident de bâtir une amitié à partir de rien.

La voie est complètement libre lorsque j'arrive à son casier; je l'ouvre rapidement et colle l'invitation sur le devant de la tablette, là où elle ne pourra pas la manquer. Je regrette de ne pas avoir autre chose à lui laisser, mais je sais que je me reprendrai demain; je suis sur le point de refermer la porte métallique lorsque quelque chose d'étrangement familier attire mon attention.

Sortant d'un sac en plastique qui repose par terre, cette chose pelucheuse, crépue et vaguement chatoyante est presque exactement de la même couleur qu'un yogourt fouetté aux bleuets, *et* que le foulard et la tuque de Claire.

C'est plus fort que moi. Je me penche pour toucher et, oui, je regarde ce qu'il y a d'autre dans le sac : des aiguilles à tricoter, de la jolie laine verte, quelques patrons, et un paquet de gomme à mâcher à la cannelle...

119

Je comprends soudain que je sais *beaucoup* de choses à propos de Mia, après tout. Elle est le père Noël secret de Claire. Pas le mien!

Je suis demeurée abasourdie le reste de la journée. J'ai complètement raté le moment où Anaïs a fait circuler son nouveau brillant à lèvres à saveur de canne en sucre, et j'ai *failli* manger mon macaroni au fromage après que Colin a éternué juste au-dessus. Dégoûtant!

En fait, trop occupée à analyser la réaction de Mia à l'invitation de Claire – elle l'a apportée au dîner –, et à tenter de deviner qui d'autre dans ma classe, si ce n'est pas Mia, pourrait être un père Noël aussi pitoyable, je ne pense pas avoir accordé un seul regard à Nicolas Lehoux!

Et ça me torture, croyez-moi, de ne pas pouvoir dire à Claire ce que j'ai découvert. Surtout lorsqu'elle me demande non pas une fois, mais au moins une dizaine de fois durant le cours d'éducation physique :

— À ton avis, qui sait tricoter dans notre classe, à part toi?

Ou encore...

— Finalement, c'est bien que tu aies pigé le nom de Mia et elle, le tien.

Je ne peux même pas lui dire que je suis convaincue que Mia n'est plus mon père Noël secret. Sinon, elle m'en demanderait la raison.

Et je devrais répondre :

— Euh... je ne sais pas...

Et alors elle dirait :

— Oh oui, tu le sais! Dis-le-moi, ou je raconte à Nicolas que tu l'aimes!

Elle se pense drôle, parfois.

Tout ce que j'arrive à lui dire, c'est :

— À bien y songer, peut-être que tu devrais offrir l'harmonica à Nicolas.

Je ne sais pas pourquoi j'ai dit ça exactement. Mais je l'ai fait.

Je suis contente de rentrer chez moi aujourd'hui, même si ma maison est terne, qu'il n'y a pas de traîneau sur le toit ni de renne sur la pelouse. Et je suis contente que ma mère paraisse si heureuse de me voir.

— Noëlle, ma chérie, comment c'était à l'école aujourd'hui? demande-t-elle lorsque je la rejoins dans la salle à manger.

— Intéressant, dis-je.

Elle lève les yeux, un peu surprise.

— Tiens, c'est nouveau, ça. Tu as appris beaucoup de choses?

— Ouais, on pourrait dire ça. Hé! qu'est-ce que tu fais?

Une grosse boîte en carton repose devant elle sur la table, et elle s'apprête à l'ouvrir à l'aide de gros ciseaux orangés.

Elle remue les sourcils.

— Tu vas voir!

Elle déchire le papier adhésif d'un coup de ciseau,

soulève les rabats et sort une bougie blanche en plastique reposant sur une base dorée en plastique brillant.

— Je les ai cherchées partout! Je ne saurai jamais comment elles se sont retrouvées dans le garage sous la boîte de vieux trophées de ton père.

Elle en prend une autre et sourit.

— Ton père a dit qu'il irait acheter un jeu de lumières extérieures supplémentaire pour le sapin ce soir. Tu as tout à fait raison, il faut le décorer. C'est juste qu'il est devenu tellement gros. Ça rend l'opération un peu plus compliquée.

Elle fait une pause.

— Tu te sens mieux?

Je fais signe que oui, puis je m'approche et la serre fort dans mes bras (enfin, du mieux que je le peux, étant donné son état).

— Je t'aime, maman.

Je ne sais pas pourquoi exactement, mais j'avais envie de le lui dire.

— Je t'aime aussi, ma chérie. Oh! As-tu senti ça?

Effectivement, je l'ai senti. Un gros coup sec, en plein dans les côtes. Dis donc!

— Holà! fait ma mère en souriant. Je crois que le bébé essaie de dire qu'il t'aime aussi.

Elle tire l'une des chaises à haut dossier et se laisse doucement tomber en arrière jusqu'à ce qu'elle soit assise.

— Je crois que j'ai besoin d'une petite pause.

Elle inspire profondément et expire.

— Mais ne t'inquiète pas, ma chérie. Ces bougies seront installées avant qu'il fasse noir ce soir, c'est promis.

Elle prend ma main et la serre.

— Je pourrais les installer maintenant, dis-je.

Ce n'est pourtant pas la révélation du siècle, comme dirait Mme Baillargeon, mais je vous assure que ma mère me regarde comme si j'avais inventé la roue.

— Tu ferais ça? demande-t-elle. Tu sais comment?

(Pfft! Les déposer devant chaque fenêtre. Oui, ça devrait aller.)

— Ce serait formidable!

— Parfait.

Je prends la boîte et quitte la pièce.

— Oh! et il te faudra des piles, dit ma mère. J'en ai acheté un gros paquet ce matin. Noëlle, ma chérie, tu es un trésor. Regarde dans la cuisine près de la porte d'en arrière.

Au moment où je finis de mettre les piles dans les bougies (ce qui n'est pas une mince affaire, en passant), ma sœur Eugénie rentre de l'école et tourne autour de moi comme une abeille hyperactive; une abeille toute noire, sans rayures.

— Les bougies! Chouette! Est-ce que tu les installes? Oh, chouette! Je peux t'aider? S'il te plaît?

— J'y arriverai toute seule, dis-je.

123

— Oh, laisse-moi t'aider! S'il te plaît!

Je suis certaine d'avoir secoué la tête. Peut-être même me suis-je détournée.

— Une seule personne suffit pour accomplir cette tâche, Eugénie. (Sérieusement, c'est vrai.) Désolée.

— Mais ce n'est pas juste, proteste-t-elle. Je t'en prie!

Normalement – du moins, récemment –, j'aurais simplement dit « non ». Ou peut-être aurais-je crié. Et elle aurait couru tout raconter à maman. Puis maman m'aurait appelée. Et j'aurais fait mine de ne pas l'entendre jusqu'à ce que j'aie fini. J'aurais eu ce que je voulais, et maman aurait offert un prix de consolation à Eugénie – un biscuit, du temps à l'ordinateur, ou des privilèges de télévision. Un scénario gagnant, si vous voulez mon avis.

Mais quand je me retourne et l'aperçois, la lèvre tremblante et le regard triste comme un chiot, soudain, je ne peux m'empêcher de marmonner :

— Oh, d'accord.

Je ne sais trop si j'ai voulu lui faire plaisir, ou épargner maman, ou peut-être les deux. Ou peut-être même que je *veux* le faire avec elle. Je sais seulement que je prends un tas de bougies et les lui tends.

— Tu t'occupes du rez-de-chaussée. Je fais l'étage.

Et je sais aussi que, lorsque nous sortons toutes les trois pour admirer les bougies une fois qu'elles sont installées, Eugénie sautille comme une folle, et ma mère n'arrête pas de me serrer la main.

CHAPITRE 11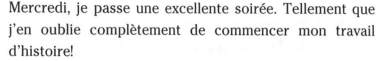

Mercredi, je passe une excellente soirée. Tellement que j'en oublie complètement de commencer mon travail d'histoire!

Du moins, jusqu'à ce que Claire me téléphone; mais il est déjà 20 h 30 alors, et c'est trop difficile de m'y mettre.

De toute évidence, je me coucherai tard jeudi.

Au moins, j'ai préparé une véritable corne d'abondance de cadeaux pour Mia, et j'ai pu regarder le spécial de Noël de *Charlie Brown*, que ma famille a gentiment enregistré pour moi la veille.

Jeudi matin, j'arrive tôt à l'école et *refais* la décoration du casier de Mia... J'ai apporté des chaînes en papier métallique qu'Eugénie m'a aidée à faire, d'autres flocons recouverts de colle brillante, et même une des deux bougies en plastique qu'il nous est resté. (Je ne sais trop pourquoi, mais maman n'a pas voulu que nous en mettions dans le grenier... et je crois qu'elle a laissé Eugénie apporter l'autre à l'école. Qui sait ce qu'elle en fera.)

Et ce n'est pas tout!

Je suspends au crochet du centre un sac-cadeau argenté orné d'anges blancs, contenant une pelote de laine scintillante blanche et argentée, un patron pour tricoter un foulard (adorable, d'ailleurs) ainsi qu'un bandeau assorti que j'ai fait moi-même. Au départ, j'avais prévu tricoter les deux pour Mia... mais c'était une idée complètement insensée. De plus, j'ai pensé que si j'étais à la *place* de Mia, j'apprécierais autant avoir un projet à réaliser que recevoir quelque chose de déjà fait, et j'espère qu'il en sera de même pour elle.

Enfin, au lieu de recouvrir toutes ses photos de boucles et de papier d'emballage, je les encadre de ces jolis cadres aimantés que j'ai achetés pour mettre sur notre propre frigo. (Par la suite, nous avons découvert que les aimants ne collent pas à l'inox... et nous avons dû les faire tenir à l'aide de ruban adhésif.)

Le tout est absolument ravissant, c'est moi qui vous le dis! Puis je fais une dernière chose : je prends la bougie en plastique, visse l'ampoule en forme de flamme d'un demi-tour jusqu'à ce que la lumière commence à vaciller, replace la bougie et ferme la porte.

— C'est super beau! dit une élève de secondaire I lorsque je me retourne pour partir.

Elle désigne l'évent dans le haut, par lequel on distingue à peine la lueur de la chandelle.

— Je sais, dis-je en souriant. Merci.

Lorsque j'arrive dans le couloir près de la classe de

126

Mme Baillargeon, la plupart de mes amis se trouvent devant leurs casiers, et le concert habituel de « j'adore! » et de « vite, vite, regarde ça! » bat son plein. Je me fais un devoir de m'arrêter devant le casier d'Olivia et m'extasie devant le bracelet de l'amitié rouge et vert qu'elle vient de trouver, enchantée.

Je lance un regard vers Isabelle, qui rôde tout près. Je sais qu'elle fabrique de magnifiques bracelets de l'amitié. Je lui fais un clin d'œil, et elle sourit. Hum...Je devrais peut-être devenir *détective privé*.

Je me dirige ensuite vers mon propre casier, à la fois soulagée et un peu surprise de remarquer que, pour la première fois cette semaine, je ne suis pas complètement et totalement obsédée par ce que je vais y trouver.

— Salut! dit Claire.

Elle s'approche, toujours emmitouflée dans le vieux manteau de sa sœur (celui qu'elle déteste) ainsi que dans sa tuque et son foulard neufs (qu'elle adore).

— Salut, dis-je en souriant.

— Alors, est-ce que tu t'es beaucoup avancée hier soir? demande-t-elle.

— Dans mon travail? Non, pas beaucoup.

— Oh, Noëlle...

Elle prend un air impuissant comme pour dire : « Je suis ta meilleure amie et j'aimerais bien pouvoir t'aider, mais je ne vois pas comment. »

Je lève une main.

— Je sais, je *sais*. Je le ferai ce soir. Je sais.

Commençons d'abord par voir ce que nous réserve la journée, tu veux bien?

Elle rit.

— O.K.

Elle baisse un peu le ton.

— Est-ce que tu sais si Nicolas est déjà là?

Je fais signe que non.

— Je ne l'ai pas vu. Mais je viens d'arriver. Qu'est-ce que tu as pour lui aujourd'hui?

Elle balance son sac à dos sur son épaule et ouvre partiellement la pochette avant. À l'intérieur, en plus de quelques mouchoirs de papier, de Mentos, d'un surligneur vert fluo et de petits pères Noël en chocolat enveloppés de papier d'aluminium qu'il lui est resté hier, se trouve un paquet, à peu près de la taille d'un hot-dog, enveloppé du papier à motifs de bonshommes de neige de Claire.

— C'est l'harmonica, murmure-t-elle. J'ai fait comme tu m'as dit. Et j'ai imprimé quelques chansons que j'ai trouvées sur Internet. Plusieurs des Beatles... et le thème musical des *Simpsons*. Qu'en dis-tu?

— Il va adorer, dis-je. Laisse-moi ranger mes affaires, et je viens t'aider.

— Excellent.

Sur ce, je tourne le cadran de mon cadenas dans le sens des aiguilles d'une montre à quelques reprises et fais ma combinaison, puis je tire l'anse, ouvre mon casier... et regarde fixement son contenu avec une expression qu'on pourrait qualifier de totalement incrédule.

— Ça alors!

Je ne plaisante pas : je referme brusquement la porte pour m'assurer que le numéro du casier est bien le mien.

— Quoi? Encore des chaussettes? demande Claire qui accourt pour jeter un coup d'œil par-dessus mon épaule.

— Même pas. Regarde ça.

Dans mon casier se trouvent un gros sac de bonbons colorés nature décoré d'une boucle, et d'autres boucles encore nouées aux crochets; sur chacune d'elles sont fixés deux ou trois adorables macarons comme ceux que je collectionne : un renne au nez rouge, un bonhomme de neige, un père Noël (naturellement), un symbole de la paix, un macaron de Betty Boop, un qui ressemble à un bonhomme sourire (sauf qu'il est vert et qu'il a l'air très méchant), un qui dit « Arrêtons le réchauffement planétaire, sauvons les ours polaires », un d'Halloween avec une sorcière volant sur un balai, un timbre AMOUR, un macaron de Fall Out Boy, un autre du Québec, une binette qui fait un clin d'œil, un qui dit simplement : « Le lait » (celui-là, je l'avais déjà) et, tenez-vous bien, six macarons représentant les lettres qui forment le mot NOËLLE. Je sais! C'est tellement chou!

Et, non, ce n'est pas tout.

— Regarde les flèches! dit Claire.

— Oui, j'ai vu.

L'une d'elles indique mon pot de macarons : PÈRE NOËL TE DIT : REGARDE! L'autre est pointée vers le sol : PÈRE NOËL

Je prends d'abord mon pot et constate aussitôt qu'il compte au moins une dizaine de nouveaux macarons.

— Celui de la journée verte est superbe! dit Claire. Est-ce qu'ils ont tous été ajoutés aujourd'hui, d'après toi?

Je me mordille la lèvre.

— Je ne sais pas

Cette semaine, je n'ai pas vraiment prêté attention à mon pot de macarons, me contentant de prendre mes livres, de me mettre en colère et de claquer la porte. Pour ce que j'en sais, mon père Noël secret m'a peut-être laissé de nouveaux macarons chaque jour, et je n'ai rien remarqué. Quelle imbécile je suis!

— Alors, qu'est-ce qu'il y a par terre? demande Claire.

Je me penche, tends la main et découvre un mince boîtier en plastique transparent derrière mon cahier de notes de sciences. À l'intérieur se trouve un CD argenté sur lequel est inscrit « Le montage du Père Noël » à l'encre rouge foncé.

— C'est tellement génial, dit Claire.

— Ouais, je sais.

C'est tout ce que je trouve à dire. Je me demande *depuis combien de temps il est là*. J'ai envie de courir jusqu'au laboratoire d'informatique et de l'écouter sur-le-champ.

Mais Claire m'entraîne plus loin.

— Viens. Si tu veux toujours m'aider à préparer le

casier de Nicolas, on ferait mieux de se dépêcher.

Nous préparons donc le casier de Nicolas et nous rendons en classe; je dois toutefois avouer que, pendant tout ce temps, je n'ai qu'une chose en tête : mon père Noël secret. Si ce n'est pas Mia, qui est-ce donc? S'agit-il simplement d'une étonnante coïncidence qu'il commence enfin à se manifester... ou m'a-t-il entendue, lui aussi, au spectacle? C'est sûrement ça, vous ne pensez pas? J'essaie de me rappeler qui d'autre était assis non loin de moi... mais je ne vois vraiment pas qui ça peut être.

Je m'assois à mon pupitre et scrute la classe...

Pendant ce temps, Mme Baillargeon parle, vêtue d'un *autre chandail* qui, cette fois, montre un gros sapin de Noël orné de guirlandes à perles dorées qui pendillent, et d'une étoile à paillettes argentées au sommet.

— Bonjour, tout le monde! J'espère que ça ne vous ennuie pas, à l'arrière, que j'aie ouvert la fenêtre; mais quand je suis entrée ce matin, la chaleur était insupportable.

Elle s'évente et secoue la tête tandis que le radiateur siffle et cliquette derrière elle.

J'enlève mes chaussures et remue joyeusement mes orteils rouges – ou peut-être violets. On est bien dans la classe, à mon avis. Je n'aurais jamais pensé dire ça, mais je me demande si Mme Baillargeon a seulement songé à enlever son chandail qui doit peser 25 kilos.

— Dites-le-moi si vous avez trop froid à l'arrière,

d'accord?

Elle semble s'adresser à Mia en particulier, celle-ci étant le plus près de la fenêtre. Mais lorsque je me retourne, je jurerais que Mia paraît plus heureuse que jamais. Elle porte le bandeau que je lui ai tricoté, et elle sourit presque chaleureusement à Mme Baillargeon tout en hochant la tête.

— Très bien, dit Mme Baillargeon. Maintenant...

Elle croise les bras de sorte qu'ils coupent son sapin en deux.

— Comme vous le savez sans doute, c'est le quatrième jour de notre échange de cadeaux... Mon Dieu, plus qu'une journée d'école!

Elle joint les mains devant elle avec enthousiasme.

— J'espère que ce projet vous apporte autant que... enfin, que je l'avais espéré.

Elle balaie la classe du regard et étudie les hochements de tête et les différentes intonations des « ouais » et des « hum-hum » obtenus en guise de réponse.

— Merveilleux! dit-elle. Je sais que c'est une activité anodine, mais les conséquences peuvent quand même être importantes, à la fois pour les pères Noël et pour ceux dont ils ont pigé le nom. C'est pourquoi...

Elle croise les bras de nouveau.

— ... vous profiterez de cette période, et de la soirée, le cas échéant, pour écrire ce que cette expérience signifie pour vous.

Elle marque une pause alors que les réactions se

transforment rapidement en « Quoi? », « Vraiment? », « Hein? »

— Vous ne pensiez tout de même pas que ce travail ne comporterait aucune partie *écrite*, n'est-ce pas?

Mme Baillargeon hausse ses sourcils minces et foncés, et nous adresse un grand sourire.

— Mais ne vous inquiétez pas, ça ne devrait pas être difficile. Je veux que vous vous sentiez libres d'exprimer vos sentiments. Comment c'était de devoir réfléchir à ce que l'autre personne pourrait aimer et souhaiter recevoir? Et si vous ne la connaissiez pas beaucoup, comment vous êtes-vous sentis en en apprenant davantage sur elle? Songez à ce que vous avez éprouvé en découvrant qu'elle avait reçu votre cadeau. Et à ce que vous avez éprouvé en recevant le vôtre.

Colin prend la parole en même temps qu'il lève la main.

— Euh, est-ce qu'un paragraphe suffira?

Les lèvres de Mme Baillargeon forment un trait mince et droit encadré de ridules, comme une fermeture éclair.

— J'en doute, répond-elle simplement. Vous devez savoir que ce travail sera noté.

Elle sourit.

— Et demain, *si* vous le désirez, vous pourrez lire votre texte à la classe. Et ce n'est pas tout. Vous pourrez enfin révéler qui vous avez pigé.

— Yé! s'exclament quelques élèves.

— Oh, chic! ricane Rubis.

J'ai tellement hâte! me dis-je.

— Oui, Mélanie? Tu as une question?

— Je ne serai pas là demain, dit Mélanie, trouvant *encore* le moyen de nous rappeler ses projets de vacances. Je pars pour le Costa Rica, vous vous souvenez?

— Ah, oui, dit Mme Baillargeon.

Elle incline la tête, puis lève les mains en signe d'impuissance.

— Je suppose que tu devras attendre le retour des vacances pour découvrir qui était ton père Noël secret.

Je hoche la tête avec satisfaction. *On ne peut pas tout avoir,* me dis-je.

— Très bien, dit Mme Baillargeon, sortez vos feuilles, crayons ou stylos.

Nous plongeons dans nos pupitres à la recherche de notre matériel (avec une certaine nonchalance, quand même). J'en suis à la première étape de ma rédaction – qui consiste à fixer ma page blanche – lorsque la porte de la classe s'ouvre en grinçant.

— Bonjour, Madame Joseph, dit Mme Baillargeon, manifestement surprise de voir la directrice au tailleur sombre et au chignon serré entrer dans la classe. Qu'est-ce qu'on peut faire pour vous?

— Bonjour, dit Mme Joseph avec son expression habituelle qui semble dire « C'est ce qu'on va voir ».

Elle regarde autour d'elle d'un œil soupçonneux.

— Il fait chaud ici, n'est-ce pas?

— *Je sais,* dit Mme Baillargeon en approuvant d'un signe de tête. C'est pourquoi j'ai averti l'équipe d'entretien.

On dirait que, plus il fait froid dehors, plus il fait chaud dans la classe. Merci d'être venue vérifier.

Mme Joseph lève les deux mains.

— En fait, ce n'est pas pour ça que je suis venue.

— Oh, fait Mme Baillargeon.

— Je suis ici, dit la directrice qui inspecte la classe en plissant les yeux, pour Noëlle Morier.

Je crois que je tousse et que je m'étouffe tandis que tous les regards se braquent sur moi.

Qu'est-ce que j'ai fait? (Et je sais que c'est ce que tous les autres se demandent aussi.) Est-ce à cause de la bougie dans le casier? Est-ce que j'aurais enfreint le code des incendies ou je ne sais trop? Est-ce que cette petite peste de secondaire I est allée me dénoncer? Elle ne sait donc pas que ce n'est pas une vraie bougie? Et comment a-t-elle su mon nom, au fait? Et comment puis-je savoir le sien?

— Noëlle? dit Mme Baillargeon en inclinant la tête vers moi, l'air stupéfaite.

J'essaie de respirer et de me redresser en même temps. Mais il semble que je n'arrive qu'à faire une chose à la fois.

— Oui?

Le son s'échappe de ma gorge, porté par une voix qui n'est pas du *tout* la mienne.

— Ah, Noëlle, dit Mme Joseph, dont l'expression, heureusement, paraît s'adoucir. Ta grand-mère est dans mon bureau, ma chère. Elle est venue te chercher pour t'amener à l'hôpital. Ton père et ta mère sont déjà là-bas.

135

Je crois que tu es sur le point d'avoir un nouveau petit frère ou une nouvelle petite sœur.

Je vois parfaitement qu'elle sourit en me disant cela et, lorsque je regarde à sa droite, Mme Baillargeon sourit aussi. Autour de moi, tous mes amis applaudissent, rient et s'exclament :

— Félicitations!

De mon côté, je ne pense qu'à une chose : *Mais qu'est-ce que vous racontez? Vous ne comprenez donc pas?*

Ils ne comprennent donc pas que ma mère n'est pas censée avoir son bébé avant encore un *mois?* Ils ne comprennent donc pas que, si elle est à l'hôpital, c'est qu'il doit se passer quelque chose de terriblement *grave?* Ils ne comprennent donc pas que ma pauvre petite sœur – ou, qui sait, mon petit frère – court peut-être un *danger* mortel en ce moment même? Ils s'en *moquent* ou quoi?

Je vous en prie! suis-je déjà en train de supplier. *Je vous en prie, faites que ma mère et le bébé soit sains et saufs!* Je me fiche d'avoir un test d'anglais tous les jours. Je me fiche que ma famille n'aille plus jamais en vacances. Je me fiche que Nicolas m'aime ou non. Faites seulement que les deux s'en tirent, et plus jamais, jamais, jamais je ne demanderai quoi que ce soit!

Je prends mon sac et mes livres – du moins, la plupart d'entre eux, autant que je m'en souvienne – et passe devant la directrice comme une flèche, quittant la classe à toute allure.

✳ CHAPITRE 12 ✳

Ma mère a donc eu son bébé le jeudi après-midi. Le bébé va bien, et elle aussi.

Il est vraiment, *vraiment* minuscule. On dirait un chiot, si vous voulez mon avis. Mais il a tous ses membres et il est quand même assez mignon. (En fait, ma mère affirme que je lui ressemblais beaucoup à la naissance). Oui et devinez! C'est un garçon.

On l'a prénommé Gaby en l'honneur, eh oui, de cette chère grand-maman Gabrielle. Je leur ai dit qu'il pourrait avoir des problèmes plus tard avec un prénom comme ça. Comme s'ils allaient m'écouter! Mais peu importe. Je me suis déjà habituée à l'appeler Gaby, et je dois avouer que ça lui va plutôt bien.

Il doit rester à l'hôpital encore quelques jours, puisqu'il est né si tôt et qu'il est si petit et tout. Mais nous pouvons tous le voir durant l'heure des visites; c'est à la fois inquiétant (je *n*'aime *pas* les hôpitaux) et amusant (les infirmières sont très gentilles et nous traitent comme des invités de marque).

— Avec un peu de chance, nous dit mon père, le docteur croit qu'il sera à la maison pour Noël.

— Ah, zut! marmonne Eugénie.

— Quoi? lui demandons-nous tous en chœur.

— C'est trop tard! Il ne pourra pas être Jésus à mon spectacle de Noël.

Mon père se contente de hausser les épaules.

— C'est comme ça, Eugénie. On n'y peut rien.

En fin de compte, ma mère ne sortira de l'hôpital que le dimanche après-midi, tout juste avant le spectacle; mais ce soir-là, elle nous donne des instructions précises avant que nous partions.

— D'abord, dit-elle, je crois que nous avons tous eu une grosse journée aujourd'hui, et je ne pense pas que Noëlle et Eugénie devraient aller à l'école demain.

— Aaah! gémit Eugénie. Mais il faut que j'y aille! Nous avons organisé une fête. Personne ne s'amusera si *je* ne suis pas là.

Cette chère Eugénie.

— Dans ce cas, tu peux y aller si tu veux, dit ma mère.

Elle se tourne vers moi.

— Et toi?

— Oh, je crois que tu as *raison*, maman. Et je suis presque sûre que l'école peut se passer de moi pendant une journée.

Je m'efforce de *dissimuler* tant bien que mal les pensées qui me traversent déjà l'esprit : pas d'école demain signifie pas de test d'anglais et pas de travail d'histoire à remettre!

— Bien, dit maman. Alors, Paul, n'oublie pas de téléphoner à l'école demain pour avertir qu'elle restera à la maison. Je suis certaine qu'ils comprendront parfaitement. Et peut-être qu'elle pourrait t'aider un peu dans la maison...

Et la voilà qui écarquille démesurément les yeux, et je devine qu'il se passe quelque chose.

— Nous avons toujours ce *projet* à terminer, tu sais.

— Oui, dit mon père, en effet.

— Quoi? demande Eugénie. Qu'est-ce que c'est?

— Si tu veux vraiment le savoir, Eugénie, dit ma mère, nous avons décidé que tu déménagerais dans la chambre de Noëlle

— Quoi?! crions-nous en même temps, Eugénie et moi. Qu'est-ce que tu veux dire? Ce n'est tellement pas juste!

— Un instant, un instant, dit ma mère pour nous faire taire.

Elle essaie de lever les mains, mais tous les tubes reliés à sa main gauche l'en empêchent.

— Pourquoi ne pas laisser votre mère finir?

Mon père la regarde et sourit.

— Oui, comme je disais... poursuit-elle, ignorant poliment le regard amer et furieux « maman, comment as-tu pu? » que je ne peux qu'imaginer lui avoir lancé. (Et je ne vous parle même pas de celui d'Eugénie). Nous avons décidé d'installer le bébé dans la chambre d'Eugénie, et Noëlle dans le grenier.

— Dans le grenier? répétons-nous en même temps, ma sœur et moi.

Je crois que nous bondissons en même temps aussi pour la serrer dans nos bras.

— Attention! dit maman lorsque nous atterrissons sur son lit.

— C'est donc moi qui serai le plus *près* du bébé? demande Eugénie. Est-ce que je pourrai le bercer s'il pleure?

— Je suppose que oui, dit ma mère.

— Et je m'en vais dans le grenier? dis-je, juste pour m'assurer que j'ai bien compris. J'aurai tout le grenier rien que pour moi?

Ma mère rit un peu et acquiesce.

— Rien que pour toi. Une vraie chambre d'adolescente. Mais il reste encore un peu de travail à faire.

Elle incline la tête vers mon père, qui a approché la vieille chaise en vinyle vert malade, la seule qui se trouve dans la chambre.

— Nous avons presque terminé de tout nettoyer, dit-elle, mais j'espérais pouvoir choisir des couleurs de peinture et d'autres choses avant l'arrivée du bébé... Et, bien entendu, il faudra refaire l'ancienne chambre d'Eugénie pour qu'elle convienne davantage à un petit garçon.

— Oh, je sais exactement ce qu'il faut faire! déclare Eugénie.

— Parfait! dit ma mère. Peut-être même que vous pourriez tous commencer à refaire la décoration en fin de semaine?

— Est-ce qu'on peut, papa? demandons-nous d'un ton suppliant.

Il scrute trois paires d'yeux implorants et accueille l'idée avec l'un de ses amusants coups de gosier exprimant son soi-disant effroi.

— Quelle merveilleuse idée, dit-il. (Et, oui, c'est ce qu'on pourrait appeler du sarcasme.)

— Charmant, dit ma mère. Oh et Noëlle, est-ce que ce n'est pas la soirée chez Claire demain?

Je hoche la tête.

— Hum-hum.

— Paul, mon chéri, n'oublie pas d'aller la reconduire et... peut-être que tu pourrais amener Eugénie patiner avec une amie?

— Oui!!! s'écrie ma sœur.

— Quelle merveilleuse idée, dit mon père. (Et, oui, c'est encore du sarcasme.)

Est-ce que j'ai mentionné que la neige a commencé à tomber le jour où mon frère est né? Eh bien, c'est le cas. La première neige de l'hiver. Et même si ce n'est pas suffisant pour entraîner la fermeture des écoles le vendredi (comme si ça pouvait me déranger), ni même pour retarder le début des cours, un blanc manteau de neige recouvre maintenant le sol, créant instantanément un paysage de rêve, nouveau et immaculé, en plus de me geler les pieds.

Hum, ça pourrait devenir un problème, me dis-je en arrivant chez Claire, remontant d'un pas traînant le trottoir glissant qui mène à sa maison tout illuminée, décorée de couronnes et de boucles, et qui résonne déjà des chants de Noël.

Ma mère, j'en suis sûre, ne m'aurait pas laissée sortir sans mes bottes. Mais je parie que mon père n'aurait rien remarqué même si j'avais été en maillot de bain.

Heureusement, on est au sec et au chaud chez Claire; la maison scintille de mille feux et embaume comme une vaste forêt de pins nordique (à cause des bougies, car le père de Claire insiste pour avoir un arbre artificiel, même quand ils ne partent pas en voyage). De plus, l'accueil délirant qu'on me réserve m'aide à oublier, au moins pendant un petit moment, que je ne suis pas chaussée adéquatement pour la saison.

— Noëlle! Tu es là! Tu nous as manqué! Qu'est-ce que c'est? Un garçon ou une fille?

Je leur fais à toutes un compte rendu détaillé, répétant mon histoire au moins 20 fois (y compris deux fois à la mère de Claire, qui doit constamment aller avertir le frère de Claire de baisser le son de sa musique, à l'étage).

— Mais assez parlé de moi, dis-je. Et, oui, vous pouvez toutes venir voir mon petit frère et ma nouvelle chambre.

Maintenant, je veux savoir tout ce que j'ai manqué à l'école aujourd'hui!

— Comme tu le sais, commence Claire d'un ton désinvolte, nous avions un test d'anglais...

— Pas moi, dit Olivia. J'avais un cours d'espagnol, et on a regardé un film.

— Vous savez bien que je ne parle pas de *ça*. Qu'est-ce qui s'est passé en français avec les pères Noël secrets?

— Oh, *ça*... dit Claire.

— Oui, *ça*, dis-je. Qui avait qui?

— Eh bien, tu avais parfaitement raison. Thalie avait Rubis, et Rubis avait bel et bien Loïc.

— Et Colin m'avait.

Olivia glousse.

— Qui l'aurait cru? Ses cadeaux étaient formidables!

— C'est lui qui t'a donné ça? dis-je en désignant, ébahie, les rennes sertis d'une étincelante pierre rouge à la place du nez, qui pendent gaiement à ses oreilles.

— Hum-hum.

— Elles sont tellement jolies!

— Je sais.

Olivia secoue la tête pour faire danser ses rennes encore davantage.

Elle rit.

— Loïc est tellement nigaud... mais je crois que je vais aller le remercier encore une fois!

Claire et moi la regardons se diriger vers la cuisine, où se trouvent les boissons, les tacos et la majorité des garçons. Je me tourne vers Claire.

— Et toi?

— Oh, tu ne devineras *jamais*!

— Mia, dis-je avec un grand sourire.

Claire me dévisage.

— Comment l'as-tu su?

— J'ai mes secrets...

Je replace les extrémités de son foulard qui, au lieu de se croiser, sont retombées en avant.

— Hé, est-ce qu'elle est là? dis-je.

— Pas encore, répond Claire. Mais ce matin, elle a dit qu'elle viendrait.

— Tant mieux. Oh, Claire! J'ai quelque chose pour toi. Est-ce qu'on peut monter à ta chambre rapidement, avant que Mia arrive?

— Excellente idée! dit Claire. J'ai quelque chose pour toi aussi.

Nous montons en courant dans la chambre qu'elle partage avec sa sœur, et elle s'empare d'une petite boîte sur son secrétaire. Celle-ci est enveloppée du même papier à motifs de bonshommes de neige qu'elle a utilisé pour Nicolas, et je ne peux m'empêcher de rire en l'ouvrant, tout excitée.

— Oh, mon Dieu! dis-je après avoir enlevé le couvercle. Ce sont les boucles d'oreilles que j'adore! (Celles qui ont la forme de cannes en sucre!) Merci beaucoup!

Je la serre dans mes bras et lui tends la boîte (enveloppée de papier à motifs de chatons, bien sûr) que j'ai apportée, troquant aussitôt mes vieilles et ennuyeuses boucles d'oreilles en péridot contre mes neuves.

Pas de doute, elles sont encore plus adorables que je ne l'espérais.

— Oh! s'exclame Claire pendant ce temps. Merci, Noëlle! Je l'aime tellement!

Elle prend le foulard doré et argenté que j'ai passé la journée à tricoter pour elle et l'enroule tout de suite autour de son cou.

— Merci! Merci! De quoi j'ai l'air?

— C'est superbe.

Et c'est la vérité.

Tout à coup, la voix de sa mère nous parvient d'en bas.

— Claire! Où es-tu? Tu as d'autres invités qui arrivent!

— Oups. On ferait mieux de redescendre.

— Encore une chose, dis-je rapidement pendant que nous nous dirigeons vers la porte. Tu sais, ces chaussettes que je t'ai données, avec les pères Noël... penses-tu, euh, que je pourrais les récupérer?

Elle sourit lorsque ses yeux se posent sur mes pieds.

— Pas de problème.

C'est donc pour *ça* qu'ils fabriquent des chaussettes, me dis-je alors que mes pieds me remercient déjà. Je me penche vers Claire tandis que nous dévalons l'escalier.

— O.K., dis-moi maintenant. Qui avait pigé mon nom? Il faut que je le sache!

Claire s'arrête, croise un bras devant sa poitrine et porte le doigt de son autre main à sa joue.

— C'est une bonne question, dit-elle.

— *Claire!*

Elle rit.

— Je ne sais pas si c'est à moi de te le dire... Est-ce que tu as écouté le CD?

— Cinquante fois. Il est super. Je l'adore. Mais ce ne sont que des chansons...

— Elles ne te *rappellent* pas quelqu'un? demande Claire.

— Euh, non.

Je tente de me souvenir des paroles de chaque chanson. Elle me *torture*! Vraiment!

— Comme qui?

— Comme lui.

Claire regarde par-dessus la rampe en direction du comptoir de la cuisine.

Je me retourne.

— Benoît Boucher? Sans blague!

— Non, grogne-t-elle. À côté de lui.

Le souffle coupé, je porte mes mains à mon visage.

— Ce n'est pas vrai! dis-je, agrippant le bras de Claire.

C'est...

Oh, mais je parie que vous avez déjà deviné, n'est-ce pas? Oui. Bingo! C'est Nicolas.

J'imagine que je dois le fixer comme une idiote, car il

lève les yeux et surprend mon regard... comme il le fait *toujours.*

Je baisse les yeux et contemple mes pieds humides maintenant au chaud dans mes chaussettes, et je sens Claire qui m'entraîne... non. Me presse? Non. Disons plutôt qu'elle me pousse vers le bas de l'escalier.

Je relève alors la tête et aperçois Nicolas qui se tient là, avec son demi-sourire et deux tasses pleines de chocolat chaud. Il m'en offre une.

— Euh, merci.

Il conserve son demi-sourire, mais le promène de droite à gauche.

— C'est le moins qu'un père Noël secret puisse faire, dit-il. As-tu été surprise, ou tu le savais?

— Non, je ne le savais pas. Je te jure! Je n'avais pas la moindre idée que c'était toi. *De toute évidence!*

J'essaie de rire, mais j'ai envie de pleurer.

— Sinon, je ne me serais jamais plainte... *franchement!* Je croyais que... enfin, je croyais... Oh, laisse tomber.

Ce n'est pas réellement le genre d'histoire que je serais *fière* de lui raconter. Je lève donc une main et l'agite comme si je pouvais chasser toute la semaine d'un seul geste. (J'aimerais bien!)

— Non, je ne savais que tu étais mon père Noël secret. Pas du tout.

— Je suis sincèrement désolé, dit-il. J'ai été un parfait imbécile d'oublier ta combinaison le premier jour. Il a fallu que Mme Baillargeon obtienne l'autorisation de

Mme Joseph pour que le secrétariat me donne la combinaison et tout... Et puis, il faut dire que je ne suis pas le meilleur *décorateur*...

— Oh non.

Je secoue frénétiquement la tête.

— Non, non, non. Ne t'excuse pas, je t'en prie! C'est moi qui ai été trop bête pour remarquer tous ces macarons. Je les adore, en passant! Et le CD...

— Il t'a plu?

— J'ai adoré! Crois-moi, c'est la vérité! Et les bonbons colorés aux arachides... ils sont pas mal du tout!

— J'étais sûr que tu les aimais, dit-il, l'air perplexe et un peu surpris. Tu en mangeais tout le temps l'été dernier.

Je pense n'avoir rien répondu. En tout cas, je n'ai certainement pas dit : « Oh, c'est seulement parce que c'était un bon prétexte pour te parler! » Non, je ne pense pas.

— Et puis il y a eu les chaussettes.

Il roule les yeux.

— Là, je me suis vraiment fourvoyé. Je savais que tu n'en portais jamais. Mais je me suis dit...

Il hausse les épaules.

— ... que tu en avais peut-être *besoin* ou je ne sais trop quoi.

Il allonge le cou pour regarder les autres invités qui entrent derrière moi.

— Au fait, comment se portent tes pieds *là-dedans?*

me demande-t-il en désignant la neige.

Je prends une gorgée de chocolat chaud, et je parie que je rougis en lui souriant.

— Ne le répète à personne, dis-je tout bas.

Je me penche et remonte le bas de mon pantalon en velours côtelé canneberge.

Nicolas rit et me frappe doucement l'épaule, renversant le liquide chaud d'un brun laiteux partout sur les pauvres pères Noël.

— Oups! Navré! dit-il.

— Ça ne fait rien. (Qu'est-ce que vous auriez dit à ma place?)

Je me penche et éponge mes chaussettes tant bien que mal avec une serviette en papier, et je replace le bas de mon pantalon.

— J'en ai une autre paire à la maison.

Je souris, à la fois déterminée à ne pas l'embarrasser et soulagée que le chocolat chaud ne soit que tiède.

— Alors... comment as-tu trouvé ton père Noël? dis-je, presque effrayée. Tu, euh... sais que c'était Claire?

— Oh oui, dit-il en acquiesçant.

Il regarde autour de lui et aperçoit Claire en train de remplir un gros panier de croustilles au maïs avec sa mère. Sa sœur se tient derrière elle, garnissant des petits gâteaux. (Je parie que son père est quelque part en train de passer l'aspirateur ou de désinfecter le siège des toilettes.)

— Tu as eu l'air... je ne sais pas, comme déçu de

certains cadeaux... dis-je.

— Oh non, m'assure-t-il. Pas du tout. C'est peut-être l'impression que j'ai donnée, mais c'est parce que j'étais plutôt déprimé à cause de toi.

— C'est vrai?

— Tout à fait. D'abord, j'ai perdu ta combinaison. Puis je t'ai donné des trucs que tu détestais – du moins, c'est ce que je pensais – alors que je voulais vraiment t'offrir de belles choses.

Il me regarde *droit* dans les yeux durant une seconde, avant de détourner rapidement le regard.

— Non, poursuit-il, les cadeaux de Claire étaient fantastiques, et je le lui ai dit.

— Ah, dis-je, et un énorme coup de cafard s'empare de moi.

Je savais qu'il finirait par l'aimer. Je suppose que ça ne pouvait que se terminer comme ça.

Je fixe mes mains lorsqu'il ajoute :

— Elle a dit que tu l'avais aidée à tout acheter.

— C'est vrai?

Je relève brusquement la tête.

— Ouais, continue Nicolas. Les trucs des Alouettes, l'harmonica, les bonbons colorés aux *arachides*... elle a dit que c'était toi qui en avais eu l'idée.

Il sourit et, cette fois, je dois reconnaître que c'est plus qu'un demi-sourire.

— Comment as-tu *deviné?* demande-t-il.

Comment j'ai deviné? J'imagine que je pourrais

répondre : « Je t'espionne constamment. J'écoute toutes tes conversations. Je pense toujours à toi. J'ai le béguin pour toi et... enfin, voilà. Mais, pendant que j'y pense, comment se fait-il que tu connaisses aussi tant de choses que j'aime?... »

Je pourrais. Mais je ne le fais pas.

— Je ne sais pas, dis-je plutôt.

Je soupire et ajoute :

— Je regrette seulement que les choses n'aient pas été aussi faciles avec la personne que j'avais pigée.

— Qu'est-ce que tu veux dire? demande Nicolas. Est-ce que tu n'avais pas Mia?

— Oui, dis-je. Exactement.

Je crois que j'ai fait la grimace.

— Mais, en classe aujourd'hui, elle a dit que tu avais été formidable, dans l'ensemble.

Je le regarde *encore* une fois.

— C'est vrai?

— Ouais.

Il me regarde à son tour et me décoche l'un de ses sourires charmeurs et divins.

— Elle a dit que la seule chose qu'elle regrettait, c'est que tu n'aies pas su qu'elle ne pouvait pas manger de noix. Les arachides en particulier. Elle y est allergique. Oh, et elle n'a pas les oreilles percées.

Il lève les épaules.

J'ai envie de rentrer sous terre.

— Oh, ce n'est pas bon, ça.

Je me sens tellement ridicule.

— Mais non, dit Nicolas en secouant la tête. Elle a dit que tout était très bien... Elle a beaucoup apprécié le tricot. Demande-lui toi-même.

Il désigne la porte de devant que Mia vient de franchir.

Le père de Claire prend son manteau (avec sa main libre, l'autre tenant l'aspirateur sans fil). Mia jette un coup d'œil à tous les invités qui bavardent et mangent, l'air de ne pas savoir quoi faire. Elle porte un joli chandail duveteux ainsi que le bandeau que je lui ai tricoté.

— Je crois... dis-je à Nicolas, que je devrais aller la saluer.

Elle paraît tellement seule plantée là, comme si elle allait se retourner à tout moment et partir. Elle affiche un air, je le sais, que j'aurais pu considérer comme carrément insolent il n'y a pas si longtemps. Snob. N'importe. Faites comme vous voulez. Je m'en moque. Allez-vous-en.

Pourtant, ce n'est pas du tout ça, n'est-ce pas? Ce n'est rien d'autre que de la timidité.

Le seul problème lorsque je m'apprête à quitter Nicolas, c'est que mes pieds couverts de petits pères Noël (et de chocolat chaud) ne semblent pas vouloir bouger.

— Je t'accompagne, dit Nicolas. Viens.

J'ai l'impression qu'un oiseau bat des ailes dans mon ventre. Un gros oiseau – une oie ou quelque chose du genre –, qui essaierait de prendre son envol sur un lac.

Nous marchons vers Mia... ensemble.

— Salut, Mia, dis-je. Je suis, euh, contente que tu aies pu venir.

— Merci.

Elle sourit, l'air à la fois soulagée et un peu mal à l'aise, je crois.

— Euh... est-ce que ta mère a eu son bébé?

— Oui.

Je ne peux m'empêcher de sourire.

— C'est un garçon. Il ne peut pas rentrer à la maison tout de suite. Il est trop petit. Mais il est super mignon, et il s'appelle Gaby.

— Ça alors! dit Mia. Mon frère aussi s'appelle Gaby.

Elle paraît complètement abasourdie, et je suppose que moi aussi.

— C'est une blague, n'est-ce pas? demande Nicolas. Vos parents à toutes les *deux* ont choisi un prénom comme ça?

Mia et moi le regardons en fronçant les sourcils.

— Euh, désolé, dit-il.

— Gare à toi, dis-je pour le taquiner (car, bien entendu, tout est parfait).

— Quelle étrange coïncidence! dis-je à Mia. Est-ce qu'il est plus âgé ou plus jeune que toi?

— Il a deux ans.

— Oh, dis-je. Comment c'est d'avoir un petit frère?

— C'est O.K. Il est assez adorable. Il se plaît beaucoup ici. Il a plein d'espace pour courir.

— Et toi? dis-je, même si j'ai déjà une idée de la

153

réponse.

— Ça va...

Mia lève les épaules.

— J'aimais Toronto. Mes amies et moi, on allait parfois tricoter dans une petite boutique après l'école. Ça me manque. Elles me manquent... dit-elle.

De nouveau, elle hausse les épaules.

— On n'a pas vraiment d'endroit comme ça ici, dis-je. Mais...

Une idée me traverse l'esprit.

— ... tu pourrais venir tricoter chez moi.

— C'est vrai?

Elle paraît... je ne sais trop... Est-ce que « médusée » est un vrai mot?

— Bien sûr, dis-je. Quand tu voudras. Tu pourrais m'appeler quand tu rentreras de vacances.

— Oh, on ne part pas en vacances, dit-elle. Ma mère dit qu'on a trop de choses à faire.

— Vraiment? dis-je. Je reste ici, moi aussi!

— On est trois, réplique Nicolas.

Je me retourne. Pouvez-vous croire que j'avais oublié qu'il était là?

— Dans ce cas, dis-je avec l'impression soudaine d'avoir gagné à la loterie des vacances de Noël, peut-être qu'on pourrait faire quelque chose tous ensemble. Vous ne pensez pas?

— Tout à fait!

* * *

Alors, devinez ce que je fais en ce moment? Je me prépare à tricoter un bonnet pour mon petit frère; c'est Mia qui m'a fourni le patron. (Sérieusement, sa tête est si minuscule que je parie que j'aurai fini dans une heure.)

Et où suis-je installée? Dans ma toute nouvelle chambre (c'est-à-dire le grenier pas encore peint).

Et où vais-je aller ce *soir?* Patiner avec Nicolas et Mia! (Et j'ai le pressentiment qu'Eugénie viendra aussi.)

Bon sang, ce que j'ai pu me tromper au sujet de Mia! Elle n'est pas snob pour deux sous. Pouvez-vous croire qu'elle a pensé que c'était *nous* qui ne voulions pas être amis avec *elle?* Où diable a-t-elle pêché cette idée? Je voudrais bien le savoir.

De plus, d'après Mia, je me suis peut-être trompée à propos de Nicolas aussi. Elle jure qu'elle croit qu'il m'aime, et pas juste comme amie. Elle dit qu'elle en est convaincue depuis le mois d'octobre, à cause de la façon dont il me regarde tout le temps. Je ne vois vraiment pas de quoi elle veut parler... mais peut-être qu'on en saura un peu plus ce soir!

Demain, je ferai probablement une maison en pain d'épice avec Eugénie, question de surprendre maman lorsqu'elle et papa rentreront à la maison avec Gaby.

Et après, ce sera Noël! Puis le jour de l'An! (Au fait, devinez qui est invitée chez Nicolas pour l'occasion?) Et ensuite... la Saint-Valentin!

Je meurs d'impatience, pas vous?

Bien sûr, il faudra que je fasse mon travail d'histoire

dans le courant de la semaine. (Et j'ai finalement trouvé le sujet de ma rédaction : ce merveilleux festival qu'on appelle le Raksha Bandhan, durant lequel frères et sœurs célèbrent leur amour l'un pour l'autre!) Puis je suppose qu'il faudra que je rédige aussi le travail de français portant sur l'échange de cadeaux. Je pourrais peut-être remettre ce livre à Mme Baillargeon, tout simplement. Qu'en dites-vous?

Peu importe. Ce que je retiens de tout ça, c'est que *j'aime* le temps des fêtes autant que tout le monde.

Et, à bien y penser... peut-être plus encore!